AS TRÊS MARIAS

DE

RACHEL DE QUEIROZ

35ª edição

JO JOSÉ OLYMPIO

2023

CIP-BRASIL. CATALOGAÇÃO NA PUBLICAÇÃO
SINDICATO NACIONAL DOS EDITORES DE LIVROS, RJ

Q47t
35ª ed.

Queiroz, Rachel de, 1910–2003
As três Marias / Rachel de Queiroz. – 35ª ed. –
Rio de Janeiro: José Olympio, 2023.

ISBN 978-85-03-01323-9

1. Ficção brasileira. I. Título.

17-42662

CDD: 869.93
CDU: 821.134.3(81)-3

Copyright © herdeiros de Rachel de Queiroz, 2017

Posfácio, curadoria de imagens, textos e cronologia: Elvia Bezerra
Apoio de pesquisa: Julia Menezes e Katya de Moraes / Instituto Moreira Salles

Capa: Victor Burton e Anderson Junqueira
Imagem de capa: Girls on the bridge, Edvard Munch, 1901 / Fine Art Images / Album /
Latinstock
Caderno ilustrado: Anderson Junqueira

Agradecimentos da editora ao Instituto Moreira Salles, a Clara Maria Pessoa, a
Margarida Castelo Branco Sampaio e a Teresa Maria Frota Bezerra, por terem nos
cedido gentilmente as imagens do caderno de fotos para reprodução.

Todos os esforços foram feitos para localizar a data específica de publicação do artigo
"As três Marias", de Fran Martins. Sem sucesso até esta edição.

Este livro foi revisado segundo o novo Acordo Ortográfico da Língua Portuguesa.

Todos os direitos reservados. Proibida a reprodução, armazenamento ou transmissão de
partes deste livro, através de quaisquer meios, sem prévia autorização por escrito.

EDITORA JOSÉ OLYMPIO LTDA.
Rua Argentina, 171 – 3º andar – São Cristóvão
20921-380 – Rio de Janeiro, RJ
Tel.: (21) 2585-2000.

Seja um leitor preferencial Record.
Cadastre-se em www.record.com.br e receba informações
sobre nossos lançamentos e nossas promoções.

ISBN 978-85-03-01323-9

Atendimento e venda direta ao leitor:
sac@record.com.br

Impresso no Brasil
2023

Sumário

Prefácio

Carta aberta a Rachel de Queiroz,
por Heloisa Buarque de Hollanda   7

As três Marias   17

Posfácio

Uma nota biográfica, por Elvia Bezerra   215

Fortuna crítica

As três Marias, por Mário de Andrade   225
As três Marias, por Fran Martins   232

Cronologia   237

Prefácio

Carta aberta (talvez inútil e certamente atrasada) a Rachel de Queiroz

Heloisa Buarque de Hollanda

Desculpe, Rachel, sei que você não vai mais poder me contestar, o que é uma certa covardia de minha parte. Mas, apesar de suas declarações antifeministas acaloradas, não consigo deixar de definir, especialmente hoje, sua obra como a nossa grande literatura feminista (tudo bem, deixo o radical para outro texto) *avant la lettre*.

Hoje, é impossível não reconhecer, no conjunto de sua obra, a galeria mais expressiva de personagens femininas independentes, destemidas e progressistas de nossa literatura.

E aqui vai uma certa indiscrição: a meu ver, todas, sem exceção, desenhadas a sua imagem e semelhança, quase autobiográficas, se essa percepção, certamente muito pessoal, não entrasse numa zona de risco (e de erro) do ponto de vista das teorias literárias sobre as posicionalidades do narrador frente a seus personagens ficcionais.

Seu entusiasmo pelo modernismo paulista — com declarada predileção por Mário de Andrade, lido meio escondido, à luz de velas — é evidente em cartas, crônicas e entrevistas. A pergunta que se coloca é por que uma escritora movida desde sempre pelas raízes fortes do sertão, pelo *ethos* visceral de um Brasil profundo, se interessaria tanto pelo modernismo paulista, tão distante, em nada parecido com o regionalismo nordestino ou mesmo com o modernismo regionalista? Que aventuras prometeriam esses ventos renovadores que se anunciavam no sudeste do país?

Examinando *O Quinze*, seu primeiro romance, a resposta começa, pelo menos, a se esboçar. À primeira vista, nada de muito diferente: a seca como personagem principal, a terra e as relações familiares seguindo, à risca, os padrões sociais regionais. Mas duas variáveis já fogem à regra. A primeira é a linguagem. O estilo seco, sem rodeios e sem arroubos literários do *Quinze* pode ser avaliado (e muitas vezes o é) como uma mimese da própria seca. Tudo bem. Mas mais forte do que isto, salta aos olhos no *Quinze* a evidente sugestão modernista de obsessiva pesquisa de linguagem nova, limpa, objetiva, sem adjetivos, em tudo diferente dos romances regionalistas nordestinos.

O sertão descrito e experimentado nessa nova chave estética deveria ter sido recebido pela crítica como um feito literário original e fundador, não é verdade? Sendo assim, por que será que Rachel de Queiroz não foi imediatamente reconhecida como a primeira mulher modernista de nossa literatura? Por que, ao contrário, seus companheiros minimizaram essa evidência, e identificaram ali apenas um estilo masculino, chegando a duvidar que *O Quinze* teria sido escrito por uma mulher e não por "um sujeito barbado", como brindou Graciliano Ramos?

Apesar dessa recepção anacrônica, você continuou marcando posição como escritora moderna, consolidando seu estilo único. Você, a primeira e grande escritora modernista da literatura brasileira, viu esse reconhecimento sendo adiado de forma sutil e recorrente. Mas não se intimidou. Rejeitou o feminismo e as tantas formas de poder político ou literário, e se firmava com força no campo literário.

A segunda variável foi a surpresa com Conceição, sua estreia com uma protagonista mulher. Em *O Quinze*, o sertão foi, pela primeira vez, construído pelo ponto de vista de uma mulher, e de uma mulher com uma clara missão política e social, que faz questão de colocar em segundo plano o tradicional sonho das mulheres do começo do século XX, que era o da constituição da família e da felicidade conjugal. Na sequência, a Santa de *João Miguel*, ou a Noemi de *Caminho de pedras*, com a mesma força, independência e compromisso social, constituem sua trilogia de estreia.

Estou muito açodada, Rachel, quando me espanto com essa trilogia poderosa de estreia, comandada por personagens mulheres? Estas personagens não teriam nada a ver com uma necessidade imperiosa de se posicionar na galeria de uma escrita até então inequivocamente masculina? Sei que você não ia gostar muito de ler isso. Era a hora de você me cortar, como sempre acontecia em nossas conversas.

Mas sigo em frente, nesta minha posição covarde de falar pelas costas. Marcado o território, vejo uma mudança de percurso, talvez provocada pela morte de Clotildinha, sua filha única, com um ano e meio, em 1935. Uma tragédia que marca, imprime cicatrizes e ecoa nos rumos de sua escrita. Talvez seja este o motivo da reviravolta, talvez não. Mas o recuo que sua obra evidencia a partir de 1937, seja por que for, parece ter sido necessário.

Me desculpe esta invasão deslavada em seus sentimentos e privacidade, mas a leitura de As três Marias desconcerta quem estava seguindo sua trajetória literária e política.

As três Marias, sem aviso prévio e sem razão aparente, indica a volta a um determinado ponto de partida. Uma volta a um tempo/memória afetivo, à infância, ou, melhor, uma volta a algum rito de passagem difícil de transpor. A separação da família, a solidão e os medos de uma menina neste universo sempre hostil que é o universo dos internatos de moças. É a primeira vez que um texto seu é escrito em primeira pessoa. Os fatos narrados são aparentemente biográficos, a escrita de si quase permitida. Será que agora, Rachel, você, afinal, fragiliza-se e deixa-se levar pela narrativa intimista que acompanha, via de regra, os relatos em primeira pessoa, das vivências de meninas-moças? Supreendentemente, não. Nem as Marias, nem os sentimentos adolescentes, nem os ecos da memória imprimiram qualquer desvio no ofício literário árduo, na pesquisa disciplinada de linguagem, no exercício artesanal rigoroso, na economia de uma linguagem quase transparente. Mário de Andrade se encanta com este exercício em As três

Marias: "As frases se movem em leves lufadas cômodas, variadas com habilidade magnífica. Talvez não haja agora no Brasil quem escreva a língua nacional com a beleza límpida que lhe dá, neste romance, Rachel de Queiroz."

A opção por uma escrita mesmo pessoalizada, autoficcional, consegue aqui não se distanciar nem da dicção diferenciada e desobediente de sua obra inicial, nem do design político de suas personagens mulheres. Lembro de você dizendo que sua escrita "não era como um rio, cujo fluxo é contínuo e com destino certo", mas que sua narrativa seria bem mais descrita como sendo feita de "poças d'água que se cruzam quando sentem necessidade de se cruzar".

Desculpe mais uma vez, mas as modernas teorias literárias de gênero insistem que um dos diferenciais mais importantes da escrita feminista é exatamente a escrita que se faz não linear, o fluxo entrecortado de fragmentos que se compõem em narrativas. Chega de teorias. Acho que não vai adiantar continuar com esta conversa de professora.

Melhor esquecer nossa possível conversa epistolar e deixo de insistir neste feminismo que você bem que tinha suas razões pessoais e contextuais para rejeitar. No mínimo seria uma perda de tempo diante da beleza e da ousadia de *As três Marias*.

Prefiro falar sobre elas, a partir de minha leitura e espanto com a força de sua obra para nós, mulheres. Prefiro me ater às personagens que povoam o universo tenso deste internato para moças em cujo pátio brilha a imagem de uma moça de vestido branco e pés nus — "uma Nossa Senhora bonita e triste".

Maria Augusta, a Guta, uma das três Marias, após transpor o portão do Colégio da Imaculada Conceição, perdida e amedrontada, é levada para o recreio da noite, onde é acolhida por Maria José e sua amiga Maria da Glória. Rapidamente tornaram-se inseparáveis, daí o apelido Três Marias com que se tornaram conhecidas. É importante situá-las logo: Guta, vinda do sertão do Cariri, independente, rebelde, encarnação de Rachel. Sua mãe, ainda, em pleno vigor e alegria da juventude, morre e é substituída por uma madrasta boa, porém severa e determinada a torná-la uma moça exemplar. Maria José vive um drama familiar razoavelmente conhecido. O pai apaixona-se por outra mulher e abandona a família, deixando a mãe revivendo diariamente o drama da rejeição amorosa. Solitária, Maria José se agarra à religião.

Maria da Glória já trazia um drama mais eloquente. Sua mãe morre de parto, mas continua presente através de lembranças eternas e versos apaixonados de um marido zeloso que assume o lugar da falecida esposa. Certo dia, a abrupta notícia da morte de seu pai faz surgir a figura de Maria da Glória, órfã, pálida, toda de preto, carregando nos braços um violino. Impecável cromo dos romances de meninas-moças. Maria da Glória passa a encarnar desde então a *aristocracia da tragédia,* nas palavras de Guta. Estas são as três Marias criadas pela ironia do traço de Rachel, sofredoras, fragilizadas, e não muito distantes das figuras dos romances açucarados que, via de regra, terminam num casamento feliz e abastado.

Vamos ao entorno. O espaço e os territórios do Colégio eram bem definidos como uma Cidadela planejada. Tudo girava em torno de pátios quadrados, rígidos. De um lado, as pensionistas com belos uniformes de seda, aprendendo a se comportar como moças ricas, futuras esposas e mães. De outro, o Orfanato onde órfãs, acolhidas no Colégio, aprendiam a "viver e penar como pobres". No centro, o espaço privativo das Irmãs, interditado, sagrado. O contato com as órfãs era rigorosamente proibido, o que gerava algumas amizades ilegais, o vício elegante das pensionistas.

A galeria dos personagens secundários, importantes e ricos de sentido no universo das três Marias, ganha força especialmente com as moças do Orfanato, suas dramáticas histórias de vida e impulsos libertários. Havia a sardenta de cabelos flamejantes, dona de uma história sangrenta que não abalava sua alegria rebelde, foco de admiração de Guta; havia Hosana, amiga de Maria José, amizade feita com requinte sentimental de toques eróticos, expressos em bordados com juras e carinhos; havia Jandira, filha de mãe da vida, mestiça que batalhava por seu lugar com uma garra incomum. Personagens contrarreflexo das Marias que sinalizavam a vida, a rua, os perigos, a libertinagem, razão maior da atração que exerciam. Muitas vezes, sugeriam a presença temida e proclamada de Satanás, rei das trevas e do pecado, totem e tabu das aulas e recreios. Presenças determinantes para um estudo sobre a mulher em sua obra. Por meio delas, o desenho do Colégio, inicialmente sob a égide de uma Virgem triste, amplia-se progressivamente e termina dando conta de um universo feminino múltiplo, pleno de facetas, complexidades, divisões sociais, raciais, religiosas, um universo expandido, tenso, organismo vivo, bem diferente do universo educacional contraído, tradicional, experimentado pelas meninas internas, conforme reza o senso comum.

Esta complexidade, entretanto, não é vivida igualmente pelas três Marias. Glória, ao deixar o internato, casa-se com um bacharel e, agora como rainha, "viveu sua hora de amor como havia vivido o drama". Torna-se esposa e mãe exemplar. E, no livro, se congela na imagem de um protótipo da felicidade. Maria José vai morar com a mãe sofredora, "vidente de má sorte", arranja uma posição de professora em escola das vizinhanças e torna-se arrimo de família. Sobre as duas, sobrevoando, o fantasma do pai adúltero e do abandono. Maria José se apoia na religião. Sua imagem se congela na grandeza e na virtude da mulher sofredora.

Já Guta volta para casa no Cariri mas não suporta as regras e a monotonia opressora da família. A ansiedade e seu desesperado desejo de fuga são grandes. Guta candidata-se a uma vaga de datilógrafa em Fortaleza e para lá parte em direção ao mundo. "Parecia-me que a felicidade começava. Viver sozinha, viver de mim, viver por mim, livrar-me das raízes, ser só, ser livre." *A room of one's own*, completaria Virginia Woolf.

A mudança para a capital cearense marca o início da independência, dos amores improváveis, proibidos, da sensualidade livre, da invenção de seu próprio destino. E eis que sobrevêm um aborto (provocado?), a perda e o colocar-se em movimento. Prosseguir, como você lembra no romance, como o soldado da história de Pedro Malazartes, "escravo do desejo de ver, de conhecer, de continuar eternamente atrás da surpresa impossível, caminhando sempre para a frente, sob o sol e por entre perigos".

Esse foi, na realidade, o *leitmotiv* de todas as personagens femininas, de Conceição a Maria Moura, sua última Maria, que repete a sina da perda/abandono do amado, a falta de descendência, a escolha de caminhos individuais e difíceis, a possível derrota e o final, sem exceção, num passo seguro em direção ao desconhecido.

Guta, em *As três Marias*, não foge à regra e fecha sua história, em plena viagem, perdida em pensamentos, observando sua própria sina: "O trem penetra no sertão, na noite, na fuga. E eu vou com ele, vou dentro dele, sou parte dele."

As três Marias

Este livro é dedicado ao poeta
Manuel Bandeira

NA PAREDE CAIADA SE desenhava, enorme, o emblema azul da Virgem Maria. Ao centro do pátio ficava o caramanchão cheiroso do jasmineiro e dentro dele, no fresco e no sombrio do verde, a imagem de uma moça de vestido branco e pés nus — uma Nossa Senhora bonita e triste.

Em redor do pátio as classes vazias, mudas, fechadas. O ruído dos passos crescia, ressoava pelos corredores, o terço da cintura da Irmã tilintava, cheio de medalhas.

E eu tinha medo. A Irmã era velha, de olhar morto, fala incolor e surda. Parecia feita de papel pálido, ou de linho engomado semelhante à corneta que trazia à cabeça e que se agitava a cada movimento seu, como uma ave. Parecia uma boneca de cera, uma figura, uma santa, só não parecia gente. Também não parecia gente a porteira seca, toda osso e nervo, nem a outra Irmã que passou silenciosa e de cabeça baixa, sem um interesse, sem um olhar. Moça, jovem, só a Virgem Mãe adolescente do caramanchão; e, sendo de louça, tinha mais ar de vida e humanidade que aquelas outras mulheres de carne, junto de mim.

Papai, comovido e pálido, fora embora. Madrinha fora embora. O parlatório, onde eu esperava, estava àquela hora vazio e silencioso; ouvia-se apenas, através dos corredores, como um ruído abafado de mar distante.

Acheguei-me mais à Irmã, quis lhe pegar na mão, não tive coragem, perguntei de onde vinha o barulho, lá de longe.

Vinha do recreio da noite que começava nos alpendres do fundo do Colégio; e para lá nos fomos dirigindo, a Irmã e eu.

Pelas varandas imensas espalhavam-se às centenas meninas de todos os tamanhos, com todas as caras deste mundo, vestidas de azul-marinho. Um grupo delas acercou-se de nós, sorridente, curioso. A mim me pareceram logo malvadas, escarninhas, hostis. Encolhi-me mais junto à Irmã. Lá para trás outras meninas vinham chegando, e ouviam-se gritos:

— Novata! Uma novata!

A Irmã me pôs a mão no ombro, mandou que me fosse reunir a elas, procurasse brincar, fazer amigas.

Eu resisti. Sentia cada vez mais medo e me agarrei resolutamente ao hábito grosso da freira:

— Queria ir para junto da minha mala.

Angustiada pela timidez que me inspiravam as caras novas e atrevidas das meninas, eu só pensava em fugir; e a lembrança da mala me ocorreu como uma salvação. A mala minha conhecida, a roupa que eu ajudara Madrinha a marcar, a arrumar, peça por peça. Porém a Irmã riu. Para junto da mala? Por quê? Precisava de alguma coisa? Agora era proibido entrar na rouparia; só se ia lá a certas horas, para trocar de roupa.

22

E as meninas também se divertiam com aquele estranho desejo. Que ideia, a mala! Teria medo de que me roubassem?

À negativa da Irmã, ante o riso de troça das meninas, meu coração apertou-se mais, a aflição funda que desde o começo me atormentava acabou por o tomar de vez. A mala, sentia saudades da mala como de uma pessoa, ela era um prolongamento de casa, única ponte entre a minha vida e aquele mundo novo, povoado de vestidos azuis, de meninas hostis e feias, soltando risadinhas maldosas. Meus olhos secos e quentes iam se enchendo de água e já me ardia a garganta. Ainda tive a coragem de insistir:

— Queria mudar os sapatos.

A Irmã, impacientada, tornou a me impelir de leve para o meio das outras:

— Agora não pode, minha filha. De noite, quando for buscar a roupa de cama, você muda. Vá.

Afastou-se. Fiquei acompanhando com os olhos os seus passos ligeiros que lhe erguiam a orla pregueada da saia azul, fiquei ouvindo o ruído das medalhas do terço. Depois enfrentei lentamente a roda de meninas que ia cada vez mais engrossando e se fechando em torno de mim; uma delas, magrinha, morena, miúda, fez a pergunta por todas:

— Como é o seu nome?

— Guta.

Atrás riam. Que nome! Que ideia! Tem santa chamada Guta? Corei, expliquei depressa que me chamava Maria Augusta. Guta era apelido. — "Que apelido!" E me riam na cara.

Alguma, porém, teve pena e falou em má educação, em falta de caridade.

O interrogatório foi seguindo: De onde era? Tinha mãe? Tinha pai? Que idade? Só doze? Pra que classe iria? Eu ia respondendo a custo, sentindo-me mal e envergonhada.

Aos poucos, felizmente, as meninas foram debandando, correndo a contar às outras a história da novata esquisita chamada Guta. Assustavam-me mais agora, que se dispersavam gritando o meu nome, do que antes, quando me rodeavam. Por que corriam assim? Por que gritavam e riam?

Só ficou junto de mim a moreninha magra, visivelmente penalizada pelo meu atordoamento; começou a me dar conselhos, segurando-me o braço, falando-me ao ouvido:

— Não se importe com elas, não ligue. Têm a mania de fazer anarquia com as novatas. Comigo foi a mesma coisa, mas não dei confiança. Faça como eu. Venha passear.

Rodeou-me a cintura com o braço. Retraí-me um pouco, que ela, afinal de contas, não diferia muito das outras. Vestia também de azul, gostava de fazer perguntas, era superior e cheia de si. Por fim saí andando, ouvindo o que ela dizia, olhando o que me apontava.

Nas varandas do recreio as luzes estavam acesas, mas nos grandes pátios cheios de árvores as sombras tomavam tudo e o Colégio parecia ali mais triste ainda e mais inimigo.

De braço dado, as meninas passavam por nós aos grupos, cantando em coro valsas tristes, modinhas de serenatas. Debaixo de certas lâmpadas reuniam-se outros grupos, ouvindo histórias que uma delas lia em voz alta, com a fala comovida e declamada. Sob outras luzes disputavam-se partidas de jogo de pedras; a pedra subia e descia no ar, as cabeças em torno se juntavam, hipnotizadas. De repente a jogadora parava, a marcadora riscava um algarismo de giz no mosaico do chão, e a assistência se disputava ferozmente aos gritos de "geral! geral!".

Maria José, a minha amiga, apossava-se de mim, demandando o fim da varanda, lá longe.

Ia me apresentar a uma amiga, a única que, "no meio dessas falsas e beatas, eu chamo de amiga, neste colégio". "Vou lhe mostrar todas com quem sou má."

E ia me apontando aqui, além, suas inimigas principais, que eu não aprendi a distinguir, envolvendo-as todas no mesmo receio, iguais que me pareciam no uniforme e no aspecto.

"A única amiga" estava sentada no chão, numa das rodas barulhentas de jogadoras. Parecia ser uma campeã, pela assistência e pela torcida apaixonada. Maria José esperou que ela acabasse, depois a chamou de longe, com um gesto de mão.

Apresentou-me então à sua amiga Glória, que também me estranhou o apelido, fez-me repetir o nome de verdade, ouviu-me gravemente explicar que fora eu própria, quando pequenina, sem saber dizer meu nome direito...

Glória roía as unhas, tinha olhos enormes e era magra e alta. Comentou, interrompendo um final confuso de explicações em que eu me emaranhava:

— Quando ouvi a gritaria, vi logo que era novata.

E eu me calei, desgostosa com aquele nome de novata, repetido de modo tão duro, tão áspero, que parecia um insulto.

De repente um sino bateu, alto como um sino de igreja, e próximo, terrivelmente próximo. Assustei-me. Glória explicou que era o sino da oração da noite, o sino da capela. Deixou-nos, foi para o meio das outras onde estava antes, pôs-se a apanhar as suas pedras.

Ao fim da varanda já se ia formando aos poucos, mal--arranjada, a "forma" da capela. As grandes na frente, depois as médias, as pequenas fechando a fila, barulhentas, desarrumadas, desatentas ao bater do sinal da Irmã, que soava como uma matraca. Corriam duma fileira para outra, contavam as pedras nos bolsos, brigavam, abafavam risadas.

A capela, toda na penumbra, apenas iluminada pela grande Nossa Senhora do altar-mor, coroada de estrelas, era como o cenário preciso para dar mais força à complexa impressão de medo, estranheza, novidade, e à imprecisa angústia, que me possuíam desde os meus primeiros passos, Colégio adentro.

Não rezei, que não sabia nada do que diziam. E quando chegaram ao que eu sabia, as ave-marias do fim, tive vergonha de juntar minha voz à das outras, embora Maria José me desse com o cotovelo e me fizesse sinais de cabeça.

Na mesa do chá, mal pude comer, engasgada. À medida que a noite ia crescendo, eu ia me sentindo mais triste e, como tonta, vendo tudo confuso. Nem tive mais alegria quando afinal pude ir à rouparia apanhar os lençóis e a camisola, trocar os sapatos. Só senti uma impressão melhor quando ergui a tampa da mala e um cheiro de manjericão subiu, familiar e querido, saindo do meio da roupa. Mas nem tive tempo de mexer em nada, de olhar de novo o monograma da colcha bordada que era o orgulho do meu enxoval e que eu não me cansava de rever. A mulher da rouparia gritou da porta, com voz estridente: — "Vamos, meu bem!" — e eu fechei a mala às pressas, saí correndo para a forma.

Na cama — tudo calado — longe de Glória, de Maria José, entre duas estranhas mais estranhas, minha tristeza afinal explodiu, e chorei, chorei até esgotar todos os soluços, todas as lágrimas, chorei até dormir, exausta, desarvorada, rolando a cabeça dolorida, sem repouso, no travesseiro quente e duro.

GLÓRIA USAVA NO PEITO UM broche com um medalhão de duas faces. De um lado o retrato de uma moça bonita, sorrindo; do outro, um homem de olhos enormes e cheios de tristeza, com a cabeleira preta lhe fazendo cachos pela testa grande. Dois retratos de mortos, pois Glória era órfã.

E no Colégio, entre tantas outras que não tinham pai ou não tinham mãe, a orfandade de Glória revestia-se de não sei que características sutis que a tornavam excepcional — como de uma aristocracia na tragédia. Tinha um tutor. Dizia às vezes "meu tutor", elevando a voz com importância, e muita gente a olhava com inveja; e ela nos encarava com desdém, do alto do seu drama, abafando todo o mundo com a sua infância de romance.

No dia do seu nascimento morrera-lhe a mãe. Morreu com dezesseis anos, sem ter tido vagar para conhecer as alegrias do mundo, só sabendo do amor os sofrimentos dos primeiros tempos e da maternidade as dores e o drama do parto.

Ficou o homem sozinho e desesperado, perdido na vida com aquela menina nos braços. Criou-a sem leite de mãe. Mas de mãe só lhe faltou isso. Porque o pai foi tudo para Glória, compensou-a de todas as ternuras enterradas, substituindo a morta, como se esperasse que ela voltasse um dia e lhe tomasse o lugar. Portava-se como o jogador solitário que, para iludir o isolamento, joga alternativamente por si e por um parceiro imaginário, inventando uma presença para povoar a solidão. Até fazer quatro anos, Glória o chamou de "mamãe". E na primeira vez em que o chamou de pai, levada a isso pelas companheirinhas de calçada que a atormentavam ("tão boba que chama um homem de mãe!"), ele chorou o dia todo, e foi quase como se a mulher lhe morresse outra vez.

*

Assim viveram os três, até que ela fez doze anos — o pai, a menina e a morta. Junto do grande retrato rodeado de crepe, o mesmo da miniatura do medalhão, é que eles tiravam fotografias. Ou então perto do túmulo, ele encostado à cruz, com o rosto sombrio e sem consolo, a guria toda tristinha, vestida de branco, sentada num dos degraus de mármore.

*

O pai fazia versos. Glória tinha um cofre de madeira cheirosa, com embutidos de prata escura nos cantos, cheio de sonetos e baladas, recortes de jornais e manuscritos amarelados. Versos à morta, versos de saudades e mágoa revoltada. E outra espécie de versos também, esses alegres ou comovidos, acompanhando musicalmente a infância da filha, o primeiro sorriso, o primeiro dente, o primeiro passo. Pequenos cromos que, aos oito anos, Glória devia recitar nas festas da escola, com a mãozinha mostrando o céu, "onde a mamãezinha a esperava". Tinha um retrato assim, apontando o teto, grave e de olhar fixo, ao lado do quadro da mamãezinha.

Um dia o pai morreu. Acabou-se a misteriosa vida de amor e saudade dos três, ele, a pequena e a morta. Acabaram-se os longos passeios ao cemitério, no macio da tarde, quando os estefanotes da sepultura da moça espalhavam o seu cheiro no meio dos outros túmulos, guiando os passos do pai e da filha que caminhavam de braços dados. Acabaram-se os versos, os presentes, os níqueis que ela lhe tirava do bolso quando ele chegava da rua, as aulas de aritmética no quadro-negro pregado à parede do escritório. Ele exigia então da menina sapiências de ginasiano; depois ficava radiante, sem poder esconder o orgulho e a alegria, quando a via extrair uma raiz cúbica.

Morreu, mas, mesmo morto, deixou organizada em torno de Glória toda uma máquina de proteção e assistência. O tutor nomeado, os bens convertidos em apólices, uma carta à Superiora do Colégio pedindo amparo e amor para a órfã. Essa carta, bem-feita, patética, cheia de lágrimas, era uma das lendas do Colégio e vivia no cofre da Superiora, guardada como uma relíquia, para ser dada à menina no dia da maioridade.

Glória, contavam, entrou no Colégio toda vestida de preto, o cabelo escorrido batendo nos ombros, o grande medalhão brilhando ao peito, no meio da negrura do luto, a caixa do violino debaixo do braço. Porque ela tinha até um violino para completar o quadro, era realmente a órfã, pálida, magrinha, encostada à ombreira de entrada do parlatório, como se tivesse saído de uma gravura daqueles romances que nós líamos em voz alta nos recreios da noite — romances cujos começos são tão tristes, mas que acabam sempre pelo casamento da órfãzinha com o moço orgulhoso, de olhos azuis de aço, motejadores e escarninhos, filho do dono do castelo onde ela é professora.

E, desde esse dia de chegada, Glória nunca mais deixou de ser, para o Colégio inteiro, a órfã, irremediavelmente infeliz e inconsolável. Ninguém se admirava de a ver chorando, quando todas estavam alegres. Era natural, não tinha pai nem mãe. Talvez mesmo sentíssemos falta se ela não chorasse, e a própria Glória se envergonharia se as lágrimas de vez em vez não lhe viessem. Mas as lágrimas vinham, fáceis, porque ela era sozinha e sensível e tinha realmente uma saudade desesperada do pai morto, do carinho perdido.

No dia em que fez quinze anos, nós lhe enchemos a gaveta de rosas, roubadas atrevidamente ao jardim da Irmã Jeanne. E Glória, que entrava na classe conversando e sorrindo, disparou no choro quando abriu a carteira, lembrando-se do pai e de outros aniversários. E nenhuma de nós se magoou, nenhuma se admirou daquele choro, era como se aquilo fosse um ritual do momento.

*

Só no choro, porém, e na saudade, no vestido preto e no violino que gemia coisas tristes, Glória representava a órfã; não era nem humilde nem meiga como as outras órfãs, as dos romances. Não conquistaria pela brandura ingênua o moço de olhos de aço, aviador ou dono do castelo. Era imperiosa e autoritária; depressa lhe sofri o ascendente. Obedecia-lhe, deixava-me dominar por ela na minha desordem distraída. Era Glória quem me dava o laço no cabelo, de manhã, quem me arrumava a carteira, ralhando porque o caderno não tinha capa e a caneta sumira.

Cursávamos a mesma classe, sentávamos juntas.

Maria José ficava mais na frente, junto de Jandira, morena de olhos violentos, rosto largo e alma audaciosa, de quem nós gostávamos, embora estudasse demais, fosse a segunda da turma, amando as boas notas, "sacrificando ao bezerro de ouro", como dizíamos. Era risonha, apaixonada, inteligente, sabia recitar em francês e já brilhara numa festa de fim de ano, declamando *La mort de Jeanne d'Arc*, vestida de arlesiana.

Apesar disso, entretanto, apesar das figurações, das distinções nos exames, e de outras frívolas vaidades que nós desdenhávamos, tinha conosco secretas afinidades. Foi colaboradora do nosso jornal *Santa Gaiola*, "hebdomadário satírico e independente", marcado ao canto com as estrelas das Três-Marias, impresso a mão, em tinta roxa e ilustrado a lápis de cor. Era quase todo em verso, que a literatura destrutiva prefere os moldes concisos da poesia; e, morto ao terceiro número, o jornal nos deixou o gosto da sátira, o amor das alusões maliciosas, das paródias e dos epigramas. Para lá e para cá, entre a fila de Maria José e a nossa, trafegavam continuamente bilhetinhos em decassílabos ou em sonetos, paráfrases burlescas a *As Pombas,* às *Três Irmãs,* ao *Mal Secreto.* Visávamos principalmente aos professores, que eles eram como as vedetas máximas da nossa sociedade; os seus hábitos, os seus tiques, seus ridículos amores, casamentos, infortúnios, aniversários, nós os conhecíamos como dizem que na Inglaterra o povo conhece as particularidades íntimas da Casa Real: com paixão e minúcia.

Descobrimos um dia, por exemplo, o violento amor da primeira da aula pelo professor de História, solteirão lírico, de alma terna e contemplativa. Da História ele preferia admirar as rainhas nas suas câmaras, rezando e galanteando, a acompanhar os reis entre batalhas e fanfarras. Adorava a Imperatriz Leopoldina, Maria Antonieta e Inês de Castro. E, por causa talvez dessa paixão e não sei por que outras absurdas analogias, nós o chamávamos "Dom Pedro", e à namorada "a donzela Dona Inês".

E como eram intangíveis e puros, Dom Pedro e Dona Inês! Quando a interrogava, nós víamos tremer nas mãos dele a régua com que brincava; e ela ficava branca, branca e trêmula, como as açucenas das margens do Mondego quando o vento as balouça.

Mas, heroicamente, Dona Inês dominava-se, recitava o seu ponto balbuciante e à pressa, enquanto Dom Pedro a ouvia, semicerrando os olhos, enternecido.

Ela calava, afinal, esgotando simultaneamente o quesito e o alento, ele desenhava amorosamente a nota no caderno, sempre um "ótimo", com a sua bonita letra miúda.

Havia então uma pausa, findo o clímax. O professor procurava novo nome no livro, nós respirávamos e nos entreolhávamos sorrindo, escandalizadas e radiantes.

Dona Inês, de cabeça baixa, absorta e envergonhada, durante o resto do dia não olhava mais para ninguém.

O Colégio era grande como uma cidadela, todo fechado em muros altos. Por dentro, pátios quadrados, varandas brancas entre pitangueiras, numa quietude mourisca de claustro. De um lado vivíamos nós, as pensionistas, ruidosas, senhoras da casa, estudando com doutores de fora, tocando piano, vestindo uniforme de seda e flanela branca.

Ao centro, era o "lado das Irmãs", grandes salas claras e mudas onde não entrávamos nunca. E além, rodeando outros pátios, abrigando outras vidas antípodas, lá estavam as casas do Orfanato, onde meninas silenciosas, vestidas de xadrez humilde, aprendiam a trabalhar, a coser, a tecer as rendas dos enxovais de noiva que nós vestiríamos mais tarde, a bordar as camisinhas dos filhos que nós teríamos, porque elas eram as pobres do mundo e aprendiam justamente a viver e a penar como pobres.

Uma proibição tradicional, baseada em não sei que remotas e complexas razões, nos separava delas. Só as víamos juntas na capela, alinhadas nos seus bancos do outro lado do corredor, quietinhas e de vista baixa, porque as regras que lhes exigiam modéstia, humildade e silêncio eram ainda mais severas do que as nossas.

E parece que vinham de todas as partes do mundo — pretinhas de cabeça redonda e olhar arisco, meninas brancas de cor doentia, criadas nos casebres sujos e mal arejados das areias, caboclas do sertão com cara de chinas, umas pequeninas e espantadas, outras já mulheres feitas, de cabelo escorrido e gestos compassados de freira.

Defronte de mim, na ponta do banco, ficava sempre uma pequena sardenta, de cabelo vermelho, que era como uma luz acesa no meio daquelas infâncias descoradas. O uniforme de xadrez que amortalhava as outras não a conseguia sufocar. Na capela não rezava, ria sozinha, ria do padre, ria do dragão que o arcanjo São Miguel espetava na lança, deixava cair o livro que lhe davam para ler, sacudia no ar o cabelo chamejante e revolto como um facho.

Sabíamos a sua história: o pai matara a mulher num furor de ciúme e se acabava agora na cadeia do Icó. A filha não o conhecia, falava dele como dum estranho. E, bastava alguém pedir, contava a morte sangrenta da mãe, mimando a cena dramática, enquanto a roda das meninas, em torno, a escutava de coração espavorido, e uma vigia, dez passos além, espiava se alguma Irmã não vinha.

*

"... Mamãe estava na rede, comigo no colo, me dando o peito. Ele veio com a carta na mão, esfregou-lhe o papel na cara, perguntando se ela não conhecia aquela letra. A pobrezinha não disse nada, agarrou-se comigo, sem coragem de olhar para ele. E o desgraçado enterrou-lhe o punhal nas costas, ela deu um gemido rouco, foi me soltando dos braços, eu rolei no chão, e me lavei toda no sangue que ia empoçando no tijolo. Foram três punhaladas. Morreu sozinha, sem ninguém ajudando, sem nem ao menos uma vela na mão..."

*

Nunca a pude olhar, durante a missa, sem ter a sua história presente. E me parecia sempre que ela tinha uma parte no crime, por causa da sua invencível alegria, dos seus olhos atrevidos, dos dentes alvos e risonhos. E via vestígios das manchas de sangue, do sangue da morta, no seu cabelo vermelho, no rosto branco salpicado de sardas.

Ao lado dela ficava Hosana, a amiga de Maria José. Essas amizades com órfãs, ilegais e perseguidas, eram o vício elegante, o grande requinte sentimental do Colégio.

De longe em longe, acaso ou combinação, as duas se encontravam numa esquina de varanda, numa calçada de passadiço, e trocavam algumas palavras assustadas, como amantes criminosos.

Hosana era loura, doentia e franzina. Bordava coisas lindíssimas com aqueles dedos magros, compridos, pepinados pela agulha.

Um apaixonado comércio se estabelecera entre ambas e já durava um ano. Trocavam santinhos rendados e ricos que custavam a Maria José semanas de economia e que a órfã, por seu lado, arranjava ninguém sabe como. No verso dos santos escreviam coisas líricas e ardentes: "As rosas que vês aos pés de Jesus não são tão puras quanto o teu coração." "Minha amizade por ti é como esse sacrário guardado por anjos." "Nas tuas orações ao meigo Jesus, faze uma prece por tua amiga até a morte."

Maria José guardava no manual, junto a um santo da sua primeira comunhão e a uma relíquia de Lourdes, um pequeno quadrado de seda, bordado por Hosana: o nome das duas e mais o dístico "amizade eterna", dentro de uma cercadura de miosótis. Era um tesouro, admirado e invejado pelo Colégio todo, tesouro que Maria José só mostrava a certas escolhidas; e nunca fechava o manual sem o beijar devotamente.

E, naturalmente, aquele excesso de amor romanesco, as florinhas, os santos, acabou chegando tudo aos ouvidos da Irmã Germana — e era sempre esse o fim das amizades com órfã.

Maria José foi chamada ao gabinete da Superiora, de improviso e com mistério, como um conspirador intimado de chofre, do meio das suas bombas.

Nós ficamos junto à janela do gabinete, Glória e eu, escutando. Ouvimos os soluços da nossa amiga, ouvimos a Superiora a chamar de *petite peste, mauvaise tête*.

Por fim, Maria José saiu, de olhos inchados, passo duro, cara de desafio. Não cedera. Enquanto a Superiora ralhava, ela pedia ao seu anjo da guarda que a amparasse e não lhe permitisse ser falsa com a amiga. Parecia-lhe estar vendo os olhos claros de

Hosana, chorando, sofrendo paciente os castigos. Lembrava--se dos dedos picados de agulhas, trabalhando, trabalhando, do triste sorriso de anêmica — e resistia à Superiora, baixava a cabeça, obstinada, não renegava nada e não pedia perdão.

Alguns dias depois veio um bilhete de Hosana, cheio de saudosas despedidas. Ia para fora, para Baturité, bordar o enxoval de uma noiva rica.

De lá fez algumas cartas, contando pouca coisa, com os mesmos protestos e invocações dos santinhos de antes; nos cantos do papel escrevia "saudades!!!". Era uma externa que trazia essas cartas.

Conheceu um viúvo, cliente dos ricaços, pobre, triste e carregado de filhos. Casou. Maria José a foi esquecendo.

Soubemos depois que morreu de parto.

As Irmãs me intimidavam sempre, como no primeiro dia. Não saberia nunca ficar à vontade com elas, como Glória, discutir, pedir coisas. E, muito menos, igual a Maria José, escolher entre as Irmãs uma amiga, tomá-la como conselheira e confidente.

E dava-me mágoa essa inibição, as Irmãs eram porém tão distantes, tão diferentes! Ser-me-ia impossível descobrir entre mim e elas pontos de identificação, como o faziam Maria José e Glória. Considerava-as fora da humanidade, não me abandonara nunca a impressão de distância sobrenatural que me haviam dado na noite da chegada.

Não conseguiria imaginar uma Irmã comendo, vestindo-se, dormindo; não podia crer que houvesse um coração de mulher, um corpo de mulher, debaixo da lã pesada do hábito. Certo dia, olhando uma Irmã muito nova, chegada há pouco da Casa-Mãe, notei-lhe o busto redondo, farto, levantando-lhe a linha dura do corpete. Baixei os olhos com vergonha e confusão. Aquilo desafiava meus tabus íntimos, não sei que pudicos preconceitos. Era como se visse um quadro profano num altar, qualquer objeto frívolo e pecaminoso onde deveria haver um santo. Tudo isso, só porque um humilde busto se afirmava, inocente e redondo, onde eu achava que devera existir um sumido peito de asceta.

Seriam lícitos a uma freira aqueles atributos de mulher? Então a uma Irmã era permitido ter busto, ter corpo, ter outra beleza senão a das mãos e do rosto, ser formosa como uma moça qualquer? Ser bonita, por exemplo, como a linda irmã daquela aluna síria que nos visitara outro dia e tinha uma plástica tão atrevida, ou, pelo menos, ter formas como já as tinham as grandes do Colégio?

Outra vez, num recreio de domingo, eu lia um romance, sentada a um batente de porta. Uma Irmãzinha, também nova na casa, aproximou-se de mim, suavemente, leu-me o título do livro por cima do ombro. Fiquei vermelha, confusa, levantei-me esperando o carão. Porém a Irmã me tomou o volume, sorriu, e exclamou:

— Não se zangue, Guta, mas quem vai ler agora sou eu!

Saiu com o romance, sentou-se na sala dos pianos, ficou o resto da tarde embebida nas aventuras de Magali.

Irmãzinha, se adivinhasse como escandalizou minha alma cheia de preconceitos! Você não sabia que eu era por demais humana e que me considerava mais fraca e mais pecadora do que todo o mundo. Por isso admirava as virtudes heroicas, vivia sonhando com santos impossíveis, santos feitos só de cristal e luz, como um diamante. Com aqueles ascetas do deserto, macerados pela miséria e pelo êxtase, que afastavam como uma tentação diabólica a imagem de um pãozinho louro posto num canto de fogão. Como compreenderia, eu, pois, o interesse da freira por aqueles dramas do mundo, por aqueles amores profanos? Por que leria a Irmã e se interessava pela história dos amores, dos beijos e dos sonhos de Magali? Como, debaixo daquele hábito, poderia viver outra coisa senão a noção dura da disciplina, as orações, a história sagrada e os problemas de aritmética?

Durante muito tempo, de noite, essa questão me perturbou. Quais eram, afinal, as obrigações do hábito? Para mim, na minha exaltação, era morrer, dar seu sangue, esmagar seus sonhos, pisar desejos, fazer da vida uma hóstia transparente e macerada posta no altar. Para mim um coração de freira tinha de ser velho, de mil anos. E o da Irmãzinha era um coração ingênuo de vinte anos, ignorante do mundo. Eu que errava, eu que pecava. Eu que inventava a contravenção e me escandalizava com a candura daquela menina vestida de freira.

As crianças são ferozes, severas e absolutas como selvagens. Elas, menos que ninguém, compreendem e amam a inocência. Eu, que tinha quatorze anos, não a compreendia; e me parece que a inocência, a simplicidade são requintes de almas já muito adiantadas nos caminhos da perfeição.

FALEI EM LIVRO. É que vivíamos lendo, então. Foi justamente por esse tempo que descobri a literatura. Até essa época eu já lia, naturalmente, mas lia como criança, pelo prazer das aventuras heroicas, pela sugestão do maravilhoso: Gulliver, Robinson, o Capitão Nemo.

Nesta nova fase comecei a ler como adolescente, como a quase mulher em que me ia transformando depressa. A querer os livros onde falassem de amor, os eternos e róseos romancinhos franceses, em que homens cheios de espírito e de tédio, cansados das sereias e dos paradoxos, se apaixonam pelas ingênuas de dezesseis anos.

E a poesia, a grande e divina poesia!

Mas agora, digo como o velho Rousseau: é preciso não mentir. A poesia me envolveu, me sufocou, me raptou, é bem verdade. Mas na sua forma mais banal e subalterna — nos sonetinhos sentimentais, nas coisas leves e triviais do amor.

Bastava qualquer verso fácil dum poema de *boudoir*, que dissesse coisas gentis e românticas, para me encher os olhos de água. Ah, *Toi et Moi!* Ah, Géraldy!

A poesia, a grande poesia, verdadeira e poderosa, essa só me possuiu lentamente, quando minha alma foi perdendo aos poucos as sucessivas capas que a cobriam. Quantos anos levei, quantas almas gastei em emoções de segunda ordem, até ser capaz de entender e sentir sozinha a beleza da *Filha do rei?*

Mas, naquela idade curiosa, só interessa e comove o postiço, o artificial.

A linda heroína tem um diálogo malicioso com o jovem *sportsman*, Apolo remador, Tarzan de calça de flanela? É lindo, comenta-se, decora-se.

Mas um grande grito de paixão humana, de dor ou de amor, choca, escandaliza, mostra coisas que a gente não quer ver, nudezes que nos parecem obscenas.

Qualquer de nós trocaria todo o Shakespeare (inclusive *Romeu e Julieta*) por um só volume da *Passageira* ou de *Mon oncle et mon curé*.

Certa vez caiu-nos nas mãos, por acaso, um volume de *Nada de novo no front*. O irmão descuidado de uma externa deixou-lhe o livro ao alcance, ela o folheou à toa, viu certas cenas, trouxe o livro para o Colégio. E ele só nos causou asco e terror.

A guerra, só a compreendíamos com heróis esbeltos, vestidos de azul-horizonte, voltando, levemente mutilados e cobertos de medalhas, para os braços da amada. Aquela guerra suja e sem poesia, as latrinas, as pragas, o medo e a miséria dos soldados apenas nos trouxeram indignação, nojo.

Nem foi preciso a censura das Irmãs descobrir o livro e o condenar. Nós mesmas o banimos; e, se ele demorou algum tempo, foi nas mãos de alguma pequena mais corrompida ou curiosa, desejosa de ler as imoralidades dos soldados com as francesas, ou conhecer os palavrões sujos das trincheiras.

Todas voltamos desadoradamente à *Fiancée d'avril*, para lavar a alma.

Foi a Irmã Germana, a nossa mestra, quem sugeriu o apelido, chamando-nos pela primeira vez "as três Marias".

Era num estudo da tarde, e, enquanto todo o mundo lia ou escrevia seus pontos nos cadernos, Maria José, Glória e eu conversávamos segredinhos, sentadas lá para os fundos do salão. Irmã Germana entrou de repente, bateu secamente o sinal:

— Maria José, Maria Augusta, Maria da Glória, por que não fazem silêncio? São as inseparáveis! Já notaram, meninas? Essas três vivem juntas, conversando, vadiando, afastadas de todas. São as três Marias! Se ao menos vivessem juntas, como as três do Evangelho, pelo amor de Nosso Senhor! Mas sou capaz de jurar que perdem o tempo em dissipação...

Glória olhou para mim, eu olhei para Maria José. Sorrimos. "As três Marias"! As três Marias bíblicas? As três estrelas do céu?

A classe achou graça, o apelido ficou. Nós mesmas nos orgulhávamos dele, sentíamo-nos isoladas numa trindade celeste, aristocrática, no meio da plebe das outras. Os personagens do céu têm um prestígio que sempre deslumbrou os humanos; e a nossa comparação com as estrelas foi como uma embriaguez nova, um pretexto para fantasias e devaneios. Adotamos superiormente a divisa. Nos livros, nos cadernos, três estrelas desenhadas juntas eram o símbolo: as três Marias do céu.

À noite, ficávamos no pátio, olhando as nossas estrelas, identificando-nos com elas. Glória era a primeira, rutilante e próxima. Maria José escolheu a da outra ponta, pequenina e tremente. E a mim me coube a do meio, a melhor delas, talvez; uma estrela serena de luz azulada, que seria decerto algum tranquilo sol aquecendo mundos distantes, mundos felizes, que eu só imaginava noturnos e lunares.

Foi Maria José quem lembrou nos tatuarmos. Teve que ser na coxa, para que as Irmãs não vissem. Pelo nosso gosto seria nos braços, no colo, nas espáduas; mas era forçoso evitar que as freiras descobrissem, que alguma conselheira fosse contar à Irmã Germana.

Escondidas lá para os lados dos lavatórios — o nosso quartel-general de sempre —, sentadas no chão, com as meias descidas, fizemos na coxa, com a ponta da tesourinha, as três estrelas juntas, em fila.

Doeu. Ia-se arranhando de leve, até o sangue aparecer. Eu feria de dentes trincados, com decisão. Glória traçava os riscos devagarinho, medrosa e paciente. E Maria José, na última estrela, perdeu a coragem, e foi preciso que Glória viesse ajudar com a mão macia. De vez em quando fazia uma careta, dava um gemido, e Glória levantava a mão:

— Quer que pare?

Ela sacudia a cabeça que não. Tinha que chegar ao fim, como quem cumpre um dever. E eu lembrei, ao acabar minha divisa, que a gente podia encher as estrelas de tinta, para não se apagarem nunca. Tinha lido não sei onde que os japoneses fazem tatuagem é logo com a tinta dentro.

Glória, que tinha medo de micróbios e guardava sempre um vidro de iodo na carteira, opôs-se, receosa:

— E quem sabe de que se faz tinta? Pode ser alguma porcaria, infeccionar, dar tétano, gangrena...

— Você é boba, Glória. Tinta se faz com o suco de plantas.

— Faz também com azul da prússia. Quem sabe não é a mesma coisa que ácido prússico, o pior veneno do mundo?

Deixei a discussão, embebida na contemplação da minha tatuagem, sem olhar a das outras. Na pele clara as três estrelas luziam, vermelhas de sangue, como se florissem da carne.

MINHA GENTE MORAVA no sertão, no Cariri. Por causa disso eu só passava em casa as férias grandes; o resto do ano tirava-o todo no Colégio: Semana Santa, São João, tudo.

De nós três, só Maria José tinha família e casa próxima: uma grande chácara no fim da linha do Alagadiço, cheia de meninos miúdos, com a vacaria ao lado.

O pai dela vivia ausente e Dona Júlia, a mãe, gorda e aperreada, governava tudo. Contava-se no Colégio uma história complicada de separação, com outra mulher envolvida no caso — uma moça solteira que fora madrinha do menino mais moço e vivera metida dentro de casa como uma irmã. Agora morava junto com o marido de Dona Júlia, num chalé da Aldeota.

A própria Maria José um dia nos deu detalhes. Contou a briga que surpreendera entre os pais, num domingo de saída. Depois disso ele desertou de casa, não ia lá nem dormir e a mãe ficou sozinha na alcova, ocupando a cama grande com o filhinho menor nos braços.

Às vezes, Maria José obtinha licença da Irmã Superiora para passarmos as três o domingo em sua casa.

A verdade é que o passeio não tinha muitos encantos: o casarão era enorme e desconfortável, o quintal sem árvores, só com a baixa de capim, o curral e bananeiras ao fundo, os meninos ariscos e invisíveis, Dona Júlia sempre de mau humor, sempre se queixando do marido longe, dos meninos impossíveis, dos leiteiros ladrões. Nem um cinema, nem uma avenida, nada. O Alagadiço era longe e Dona Júlia rigorosa. Bastava missa na capela do fim da linha, onde só ia cabocla e pé-rapado. Só uma vez, em quatro domingos, apareceu lá um aluno do Colégio Militar.

Mas, apesar de tudo, disputávamos essas saídas, elas tinham para nós o valor de uma evasão, abriam possibilidades a uma aventura. Só raramente, uma ou duas vezes em cada três meses, a Irmã Superiora nos deixava ir. Nem Dona Júlia insistia muito.

Logo aos sábados, púnhamos papelotes no cabelo, e, ao sair, um pouco de *rouge* disfarçado sob a camada de talco. Glória, alta e magra, tinha a mania de ser esbelta, e apertava a cintura em cintos inverossímeis. Quanto a mim, a minha vaidade era mostrar as pernas. Tinha horror às saias compridas do uniforme, vivia dobrando secretamente os embainhados, sem me importar com os protestos de Maria José e Glória, que me chamavam de imoral. A saia curta parece que me tornava uma menina de fora, elegante, com a mãe lhe escolhendo os vestidos. E eu me defendia:

— Só anda de saia comprida menina que não tem mãe. Vocês duas parecem que saíram do Orfanato...

Era Dona Júlia que sempre nos vinha buscar, muito simples, o cabelo escorrido num coque liso, com um velho vestido de seda-palha já reformado, bordado de vermelho na gola.

Secretamente Maria José se acanhava de não ter a mãe elegante como a de certas meninas, tinha vergonha daquele eterno vestido de bordados desbotados, dos sapatos de salto roído, que a mãe usava. E achava melhor quando Dona Júlia não podia vir e mandava a criada. Em criada ninguém repara. Ninguém diz, como certa vez uma menina gritou, em pleno recreio: "A mãe da Maria José tem cara de parteira!" Quanto lhe doeu aquilo, quanto a pobrezinha chorou, humilhada! Como se a mãe tivesse culpa. Parteira não tem cara obrigatória, o ofício não muda a cara de ninguém. A mãe dessa que falou era uma sirigaita cheia de rugas e de netos. Queria ver se ela tivesse de trabalhar para educar quatro filhos, acordar de madrugada com escuro para medir o leite, andar de tamancos o dia inteiro, pelo meio do capim e do esterco, dar de chicote nos meninos, gritar com os leiteiros!

Dona Júlia sempre dizia, se lamentando:

— Eu tive sina de negra cativa, de negra ladrona, fugida, que só serve para apanhar. Veja minhas irmãs: uma casou com um médico do Exército, mora no Rio; a outra, o marido é empregado do Correio. Nenhuma passa o que eu passo, nem sonha!

E punha ao colo o menino que andava por mais perto, alisava-lhe pensativamente o cabelo, concluía:

— Vamos ver se quando este crescer me paga o que tenho sofrido por ele... Que eu juro que foi só por amor deles...

A VÉSPERA DOS EXAMES inspirava um terror coletivo, como ameaça de peste num povoado, acompanhada do seu cortejo de preces, invocações, exorcismos.

Cada menina se agarrava aos seus cadernos, levava os dias passeando pelo recreio, lendo em voz alta e rezando alternadamente, fazendo as mais delirantes promessas: passar um mês e um dia dormindo sem travesseiro, duas semanas sem comer rapadura, rezar vinte e oito terços às almas do Purgatório, ou a São José Cupertino, protetor dos estudantes.

Jandira nos abandonava, nessa época, juntava-se às da frente que passavam os dias em sabatinas coletivas, onde elas brilhavam antecipadamente, discutiam as notas, repartiam as distinções.

Entre nós, as reações eram diferentes. Das três, era Maria José a que mais fazia promessas. Glória, orgulhosa, não pedia nada aos santos, estudava, estudava, aprendia tudo. Eu, que pouco estudava antes, sempre perdia tempo pensando e sonhando coisas. Só na véspera dos exames me agarrava com os pontos, febril, afobada, presa de uma aflição de última hora, correndo a pedir medalhas emprestadas às Irmãs.

No dia do exame de Biologia, o pior de todos, Maria José recordou uma história contada pela Irmã Germana: que, de primeiro, as meninas costumavam pôr um bilhete com o nome do ponto preferido aos pés da Nossa Senhora da torre, na capela. Era um recurso na nossa aflição. Escrevemos num pedaço de papel: "aparelho circulatório", e eu me encarreguei da entrega.

Estava na hora do *Angelus*, e fui me sentar, de caderno na mão, nos degraus de entrada da capela. Saindo do jardim da Irmã Jeanne, passou por mim a Esperança, a zeladora, que ia bater o sino do meio-dia. Sorriu-me, falou nos exames, ofereceu fazer uma novena por mim. Aceitei a novena, murmurei que ainda queria uma coisa, fora isso. Eu era a predileta da Esperança; contava-lhe histórias, ouvia suas queixas, mandava comprar pelas externas aspirina para as suas dores de cabeça.

Ela é que me dava o direito de vir ler pelas proximidades da capela, zona proibida, solitária, sempre cheirosa às rosas dos jardins dos santos.

Vendo Esperança pôr o pé no primeiro degrau, ergui-me, segurei-a, puxei-a para um canto:

— Você não quer ouvir o que preciso lhe pedir, Esperança? Já não liga mais pra mim?

E contei a história do ponto, do medo em que estávamos, das promessas que tínhamos feito. A própria Irmã Germana dissera que, de primeiro, as meninas subiam, levavam bilhetes... Agarrei-me ao seu pescoço:

— Deixe eu ir, Esperança... Você não há de querer que a gente leve pau, e vá embora, saia do Colégio, não volte mais nunca!

A velha cara gorda de Esperança se abriu toda num sorriso de protesto mas ainda me disse que era proibido, que a Irmã Jeanne se soubesse não deixaria nunca...

— Por que não pediram à Irmã Germana?

— E tempo, Esperança, e tempo?

Onde iria eu achar a Irmã Germana, àquela hora? O exame seria à uma, nós devíamos entrar em forma às doze e meia, a Irmã Germana estava para os lados do Orfanato. Adulei, roguei, choraminguei.

Esperança subiu os batentes da capela, espiou se não havia nenhuma Irmã rezando. Depois me fez sinal:

— Ande!

Subi os degraus da torre alvoroçadíssima, sentindo-me num ambiente misterioso de velho conto, com aquela escada trepando, se enrolando como uma cobra pela torre adentro, e os meus passos ressoando na nave toda (Quentin Durward, D'Artagnan, Esmeralda...).

Indiferente, Esperança me acompanhava ofegante, queixando-se de que tinha de subir aquela escada horrível duas vezes por dia. Quase desprezei a minha amiga que pensava mais na asma do que no sonho. Sorri com piedade:

— Pois eu, se mandasse em mim, morava aqui...

— Só se você virar morcego, meu bem...

Chegamos ao fim da escada grande, entramos numa saleta escura, de paredes circulares. Dos tetos pendiam cordas, duas, três, quatro, uma para cada sino. Esperança me mostrou ao lado uma escadinha estreita e íngreme, como escada de navio.

— É por ali que se vai à santa.

Eu subi, agarrada ao corrimão, medrosa e emocionada. Em cima, num nicho rasgado na parede, como uma seteira, uma grande Nossa Senhora de pedra abria os braços, de costas para mim. Das mãos lhe pendiam os raios, formados de fieiras de lâmpadas elétricas, pois a estátua era de Nossa Senhora das Graças.

Cheguei perto da santa, meti o bilhete numa cavidade aberta, no soco, talvez mesmo para esse fim.

Depois estirei o pescoço trêmulo, olhei pela seteira a rua que ficava lá embaixo, sob o manto de pedra de Nossa Senhora.

A vista a princípio deixou-me tonta, e retirei a cabeça, com medo da vertigem. Só aos poucos fui me habituando, e afinal, de tentativa em tentativa, consegui olhar sem medo, vi os bondes lá embaixo, as meninas de saia vermelha saindo da Escola Normal, os automóveis passando pequenos e velozes. Fazia três meses que não via rua, gente, bondes, desde as últimas férias.

A cidade, assim de repente, vista de uma vez e surpreendida de brusco, deu-me um choque no coração, comoveu-me tanto que as mãos me começaram a tremer e meus olhos se encheram de água. Estava ali o mundo, o povo, a vida de fora, tudo o que era interdito à minha vida de reclusa.

Sentia medo e alegria, juntos numa emoção violenta, como quem rouba e se apossa de qualquer coisa sonhada e proibida.

Mas Esperança me chamou, lá de baixo, e eu desci a escadinha com as pernas trêmulas, embriagada da cidade, feliz do cativeiro enganado um instante com o choque e o rumor do mundo vivo, do mundo de fora, me ressoando no coração.

E só ao sair da capela, ao descer a escadinha, enquanto Esperança desenganchava a sua saia que se prendera no ferrolho da porta, foi que me lembrei de que não pedira nada a Nossa Senhora, apenas depusera aos seus pés o bilhete, sem uma palavra, vencida pelo alvoroço, pela irresistível sedução do "mundo".

Caiu outro ponto e nós tiramos as notas mais baixas da turma.

Maria José nunca me perdoou.

Nunca falo em minha família. A verdade é que mal me lembro de que tenho uma família, pai, irmãos, madrasta.

Não tenho mãe e quem não tem mãe não tem família.

Os meus moram tão longe, têm uma vida tão distante e separada! Mal conheço aqueles meninos lentos, redondos e chorões; aquela senhora gorda, sempre grávida ou sempre amamentando, que me recebe amavelmente quando chego nas férias, que nunca brigou comigo, que sempre foi cerimoniosa, oficial, correta, sempre me deu bons vestidos, bons sapatos, bom colégio (ela priva os filhos em meu benefício), para que nunca ninguém diga que ela não é boa para mim porque não tenho mais mãe.

Chamo-lhe madrinha, tomo-lhe a bênção. Ela mesma não quis que eu a chamasse de mãe, quando papai falou nisso.

— Não, lugar de mãe ninguém toma. Poderia porém ser minha madrinha, se eu ainda não fosse crismada.

Não, eu não era crismada. Quem se lembraria disso? Minha pobre mamãe, por acaso, tão linda, tão aérea? Lembrar-se-ia ela de me crismar, se em geral mal se lembrava de me dar comida e banho? Pobre mamãe! Tão bonita, tão criança, tão alegre!

Não sei, nunca soube direito de que morreu; só sei que foi de uma doença misteriosa e curta, uma dor que lhe deu de repente, febre, vômitos e morte.

Eu tinha sete anos quando mamãe morreu, e estava longe, passando uns dias fora. Como teria se comportado aquela alma de passarinho diante do mistério da morte? Como teria ficado sua linda cara risonha, cheia sempre de luz e de vida, presa da imobilidade majestosa e definitiva? Não sei, nunca me contaram. E, assim, ficaram-me dela duas imagens: — a primeira, mamãe viva, a moça barulhenta e infantil que tomava banho de chuva comigo, vestida numa camisa curta e transparente...

(Do alpendre papai gritava; chamava mamãe de doida, de escandalosa, dizia rindo que iria buscar as duas debaixo de peia. A água batia na cabeça da gente como um açoite e quando mamãe deixava a bica e corria pelo quintal molhado, chapinhando nos pequenos regatos barrentos, as gotas de água eram frias e duras como pequenas pedras e os garranchos e seixos do chão nos machucavam os pés descalços.)

A outra — essa eu nunca a pude conciliar com a primeira — é a minha mãe morta, a "finada Isabel", como dizem os conhecidos.

Na sala de visitas há um retrato dela, no lugar de honra. E minha madrasta sempre põe sob o quadro um jarrinho de louça azul com flores frescas.

Mas, no retrato, mamãe tem um ar indiferente, o olhar parado, é uma cara banal e sem importância. Parece uma terceira pessoa, não tem nada da mamãezinha das minhas lembranças, nem da terrível tristeza que eu lhe empresto quando a imagino morta.

Quando minha madrasta casou, reuniu numa mala todos os objetos de uso pessoal de mamãe, livros e roupa.

Tenho tudo na memória; passei minha infância mexendo naquelas coisas com curiosidade e amor, com um ciúme apaixonado, com uma emoção que eu tenho a certeza se renovará quando eu as tocar outra vez.

Uma caixa com as luvas e a grinalda do casamento. Um vidro vazio de perfume, a fivela de prata dum cinto, dois livros: um volume da *Moreninha* e *As meninas exemplares* da Condessa de Ségur. Um caderno de modinhas, copiadas por ela, numa letra infantil, redonda e pesada.

Muitas vezes sofri por causa dessa letra, tão diferente da ideia que eu guardo de mamãe, espécie de anjo leviano e sorridente, toda feita de coisas leves, claras, sem peso nem forma.

A letra das modinhas se arrasta, engorda em iniciais bojudas, laboriosas. Pobre mamãezinha, deve ter escrito tão pouco na vida! Talvez só aquele caderno de modinhas, e uma ou outra carta a namorado... Não, agora me lembro de outra coisa escrita por sua mão: na mala há ainda um manual, um *Adoremus* preto, com uma cruz dourada na capa.

Na primeira página, mamãe escreveu: "No dia treze de janeiro nasceu minha filha Maria Augusta. É gordinha e morena e dizem que se parece com o pai e é melhor que se parecer comigo."

(E não pareço, mamãezinha, não pareço. Sou triste, cresci muito, não tenho os seus olhos risonhos, nem o seu pequeno corpo franzino. No dia do enterro dela, diziam: parece caixão de anjo. E era caixão de anjo, dum anjo. Por que teria ela feito esse voto, que desgosto lhe dava sua leve pessoa, que pensamento triste empanou nesse dia o seu coração? Essas palavras não me parecem dela, mas da morta, a outra, a que eu não vi, e devia pensar em desgostos, imóvel e só.)

A minha infância, sempre a dividi em duas fases: "o tempo de mamãe" e "depois".

O tempo de mamãe tem muito de lenda (e sei que há de ter muito elemento de pura imaginação): é belo, irreal, como uma coisa impossível. É sem continuidade, feito de pedaços de lembranças ou coisas que ouvi contar e imagino ter visto.

Contam, por exemplo, que mamãe me fazia andar com uma fita amarrada em torno das orelhas. Tinha tanto medo de ver a filha com orelhas de abano! Sei que não me posso lembrar disso, pois teria dois anos ou um ano, nesse tempo. Entretanto, a história em mim é tão viva, incorporou-se tanto às minhas recordações que ainda sinto a impressão da fita, larga, macia, me cingindo a cabeça como uma grinalda.

Mas também há recordações autênticas, muitas e verídicas recordações. Lembro-me de mamãe montada a cavalo, de saia preta e casaco justo, uma saia enorme que cobria a sela toda. Parecia tão alta, tão alta! Eu, do chão, chorava e lhe estendia os braços. E ela gritava de susto, com medo de me ver sob os pés do cavalo, puxava a rédea, chamava papai, pedia socorro. Eu não queria saber de nada, não tinha medo dos cascos pesados, me atirava para a frente, para ela. Papai apeou, me pegou no colo, entregou-me à criada. Montou depois e saiu puxando o cavalo de mamãe, cuja figura me dançava diante dos olhos cegos de lágrimas, sem atender aos meus gritos desesperados nem se entregar aos meus braços estendidos.

Recordo também uma vez em que mamãe me bateu.

Que teria eu feito de ruim nesse dia, mentira, má-criação, judiação com bicho? Creio que tinha agarrado o cachorrinho dela, o Fantoche, e saíra arrastando o coitado pelo rabo, através da casa toda. O bicho gania alto e raspava o chão, com as unhas. Eu recomendava:

— Cale a boca, Toche, deixa de manha!

De repente senti uma dor fulminante, uma mão se abatendo sobre mim em palmadas ferozes.

Mais tarde, na sala, no colo de papai eu me queixava e chorava:

— Não quero mais bem a ela, ruim, malvada!

— Malvada? Quem é malvada? Judiando com o pobre do bichinho, em tempo de matar!

Discutia comigo como uma igual. Sua alma terna e infantil estava tão perto da minha!

"DEPOIS" TUDO MUDOU lá em casa. Não para pior, todo o mundo dizia até que para melhor. Havia agora ordem, equilíbrio, economia. A louça não se quebrava tanto, eu vivia penteada e limpa no meu vestido de luto. Comecei a ir à escola. Ninguém via mais os robes de mamãe jogados por cima da cama, ninguém me deixava mais fazer trem com as cadeiras da sala.

Papai casou depois de cinco meses de viúvo, com uma prima, creio que sua namorada dos velhos tempos.

A paixão por mamãe tinha sido uma loucura repentina que o tomou inteiramente, como um olhado, afastando todas as coisas do presente e do passado, abolindo todos os planos pacíficos e regulares. Mamãe vinha de fora, procurara o sertão porque estava magrinha e anêmica, tinham-na mandado criar carnes, passar o inverno. Em dois meses se conheceram e casaram. Depois eu nasci, ela viveu uns poucos anos a sua leve vida de pássaro e, quando morreu, papai reiniciou sua existência no ponto em que a deixara antes, como pedindo desculpas à vida por aquele breve hiato de inconsequência e de sonho.

Logo começaram a nascer outros meninos, meninos gordos e caladinhos, bem-criados. Minha madrasta engordava também serenamente, armava a redinha do menino menor no canto da sala de jantar e ficava bordando na máquina grandes flores azuis e vermelhas para os panos dos móveis. De noite me fazia rezar (foi a única vez em que a vi censurar mamãe: quando me mandou fazer o pelo-sinal e eu me benzi às avessas, de pura inspiração, que nem me benzer eu sabia). Dizia uma ave-maria por alma de minha mãe, que estava no céu, e eu nunca ligava aquela "minha mãe que estava no céu" com a mamãezinha, tão viva, tão deste mundo, sempre presente na minha recordação com seus cabelos soltos batendo nos ombros, seus vestidos brancos abertos de renda, seu lindo riso cuja lembrança ainda hoje me aquece o coração.

Em minha madrasta tudo era formal, correto, virtuoso. Era e é. Porque ela é sólida, indestrutível, inabalável. Para ela nada é banal, nada é sem importância. Anuncia que está com azia com o mesmo modo grave e sensacional com que nos previne "que teremos mais um irmãozinho". Bate ovos para um bolo com o mesmo ar concentrado e austero de quem cumpre um dever, de quem vai para a guerra, por exemplo.

E é boa, monotonamente boa, implacavelmente boa. E ao mesmo tempo egoísta, mas serena, convictamente egoísta.

Pois não é uma virtude defender os seus filhos, o seu marido, a sua enteada, a sua louça? Ah, ver minha madrasta ralhar com a copeira porque quebrou um prato! E aquilo não é uma investida contra o patrimônio familiar, um roubo "ao suor do marido"?

Ai, não é propriamente uma mulher, é um escoteiro.

Papai não a ouve, nunca discute, não tem preferências nem desejos. Faz nascer em mim uma espécie de ternura dolorosa, uma dessas ternuras compadecidas que a gente tem por um doente incurável que se deita e levanta todo dia ameaçado de morte.

No entanto ele é sadio e forte, papai, só sofre um pouco do estômago, certas enxaquecas terríveis que o prostram depois dos almoços copiosos. É gordo, corado, sereno. Nada justifica esse receoso enternecimento que tenho por ele, e que, suponho, foi o pensamento na morte de mamãe que o desenvolveu em mim. Como não se deve ele sentir amputado, defraudado no lado melhor, mais bonito e mais puro da sua vida! Ele, que soube amar a primeira mulher com aquela paixão tão grande e tão cega, que coisas não terá carecido matar em si para poder se dobrar à nova vida, metrificada, regular, imutável. Ele, que soube querer e desfrutar o sutil encanto da vida ao lado de mamãe, que nunca lhe reparou a inconsequência, a desordem, a criancice. (Como ele a adorava, como a mimava! Às vezes papai estava deitado, lendo. Ela pedia para se sentar ao lado, um pouquinho, e ia se estirando, se deitando. Punha a cabeça no ombro dele; papai fechava o livro, ficava contemplando docemente o rosto risonho e fino, tão próximo. Eu aproveitava então, pulava também dentro da rede, e que farra, que risadas, nós três agarrados! Acabava sempre papai nos expulsando ambas, procurando o livro por baixo do corpo, encontrando-o sempre amarrotado, com as folhas empenadas.)

Agora tudo isso é história perdida, esquecida. Papai é severo, é outro, trabalha muito, está gordo, gordo como a família toda. Onde estão os seus livros? Ele agora só lê jornal.

Onde estão as poesias que você me ensinava de noite, no alpendre, eu deitada com você na rede de corda, nós dois olhando a grande lua vermelha que ia subindo, nós dois repetindo os versos — os versos do naufrágio — não se lembra, papai? — da hélice do navio "que pulsava como um enorme coração"? Os sapos gritavam longe, o cheiro dos aguapés chegava com o vento fresco da noite, você me afagava os cabelos, e o meu pequeno coração pulsava, pulsava tão comovido, papai, pulsava junto do seu, e eu era tão feliz, tão triste, a noite era tão ampla e suave, os versos me comoviam tanto, embora eu não os entendesse direito, que muitas vezes me calava, deixava você só dizendo as palavras, porque a emoção me fechava a garganta e aquela hélice da história, enorme e vagarosa, eu a sentia me bater dentro do peito.

JÁ HÁ TRÊS DIAS QUE vivíamos numa expectativa enervante. O professor de violino pedira à Irmã Superiora que consentisse Glória tomar parte no seu grande concerto do fim do ano. Aquela exibição anual era como que o fim e a vida do maestro, e só por causa dela é que suportava os longos meses de ensino — feito de paciência e martírio —, mais duros e difíceis que meses de catequese. Só o concerto o compensava e redimia da obscura jardinagem das suas flores. Flores transitórias e ingratas, como todas as flores deste mundo, e que em cada estação o abandonavam. Nunca no ano seguinte reaparece a revelação do ano passado; mas o professor aceitava como um destino natural essa fatalidade do seu ofício, e vivia acariciando esperanças novas, como a velha cortesã que não desanima de encontrar o amor verdadeiro, mesmo depois de trinta anos de amores mentidos.

Nesse verão, era Glória a grande esperança do maestro. Já tocava Beethoven, já sabia fazer o violino gemer na *Serenata* de Schubert dum jeito tão triste e patético quanto o dum cigano romântico.

E o maestro veio pedir a graça excepcional, cheio de aparato, a cabeleira mais vistosa, mais crespa, mais branca, a pequena cara miúda mais enrugada e solene do que nunca.

Ma Soeur pediu três dias para resolver.

E eram esses três dias que vivíamos agora, tocaiando a Superiora pelas passagens, discutindo furiosamente os bons e os maus augúrios. De nós três, era Glória a mais serena, talvez porque o seu estado de exaltação já houvesse atingido a beatitude. Vivia trauteando sonatas, sonhando com aplausos, fazendo projetos para o Conservatório e para os tempos mais futuros em que seria solista em Salzburgo e haveria de tocar num *Stradivarius* autêntico, como uma violinista russa de quem tinha o retrato, vestida de veludo preto, com o decote quadrado e a cauda arrastando.

Afinal o terceiro dia chegou, o professor apareceu, *Ma Soeur* consentiu solenemente, e logo à tarde a filha do maestro — de ar doloroso e gestos cansados — veio em procura de Glória para a acompanhar aos ensaios.

Nós a enfeitamos e perfumamos como a uma noiva. E talvez noiva nenhuma sinta bater mais forte o seu coração, sob as sedas nupciais.

Glória ficou indo todas as tardes. E, de cada vez que chegava, era como se nos trouxesse de fora o vasto mundo escondido na mão.

O dia inteiro, o levávamos esperando, vigiando incansavelmente a entrada, como se a nós também nos esperasse a aventura.

Glória chegava, de olhos reluzindo, quase vermelha, de tão excitada, e nós lhe exigíamos que contasse tudo, tudo! Desde que tomara o bonde, e o rapaz de casimira azul lhe cedera o lugar, e os outros alunos que já estavam na sala do maestro esperando o ensaio; e como eram verdes os olhos dum moço estrangeiro, seu colega de violino, e como ele era moreno, de cara triste.

Maria José, realista e cética, atreveu-se a observar:

— É galego. Não dê confiança, Glória.

— Deixe de ignorância e preconceito! Galego, não, árabe. Na terra dele, com certeza andaria no deserto, montado a cavalo o dia inteiro, dormindo de noite numa tenda, armada no meio do areal. Podia até ser um chefe!

E Glória também se entusiasmou:

— O mundo é cheio de preconceitos! Qual é a vergonha de ser árabe? Só porque a raça é diferente, e qual é o mal disso? E ainda por cima é católico.

Maria José ficou vencida, entregou os pontos:

— Lá isso, se é católico...

E, desde esse dia, o moço sírio, de olhos verdes, que vendia fazendas ao balcão e nas horas vagas estudava violino, passou a ser para nós o herói supremo, o xeque de albornoz branco e flutuante, que roubava moças das caravanas e galopava pelo deserto com a cativa apertada ao coração.

Ele começou a namorar com Glória, logo que entendeu os olhos com que ela o olhava, e foi como se nos namorasse a todas, porque todas três começamos a amá-lo, embora Maria José e eu nunca o tivéssemos visto. Glória, porém, contava tanto, descrevia tanto, que era como se o tivéssemos eternamente vivo e inconfundível entre nós. Sabíamos como eram as suas mãos, compridas, morenas, com um diamante de cravação antiga no anular esquerdo. E quando ele vibrava o pulso, nos trêmulos da música, a luz do lustre tremia também no diamante do anel, e nós "víamos" a luz saindo da mão dele, brilhante e fremente como a voz do violino. Vestia camisas de seda clara e alegres gravatas de nó amplo. Tinha o cabelo preto, preto e crespo, que às vezes lhe caía sobre os olhos; e ele então, com as mãos presas no instrumento, sacudia a cabeça para trás, num gesto audaz e romântico. Usava um perfume macio e fino, e Glória quando chegava nos dava a mão a cheirar — as mãos que ele apertara — para que sentíssemos também o seu perfume. E nós nos embebíamos nessas minúcias que Glória repetia infindavelmente como uma história maravilhosa, nosso coração se abrindo todo às confidências, gozando também a sua parte de amor.

Ele falava francês, tinha sido criado na Europa — ou no Líbano —, e conversava com Glória acerca de Pierre Loti, que começou a ser uma espécie de deus para nós.

*

Um dia, afinal, deu-se o concerto. Foi Glória quem entregou ao professor o grande buquê de rosas repolhudas; o maestro beijou-lhe gravemente as mãos, como a consagrando — e aí o sonho acabou. Ou, antes, o sonho passou a viver de lembranças, já que não podia mais se alimentar daquela riqueza de deliciosos detalhes que Glória diariamente trazia.

O xeque — era assim que o chamávamos — falara de amor no último dia; aludira veladamente ao futuro, à doçura de uma vida comum embalada pelos dois violinos. E à despedida fez uma promessa que Glória nos comunicou cheia de febre e receio, como se combinasse um crime.

E, à tarde, quase escuro, fomos nos sentar no pátio das normalistas, único ponto do Colégio que um muro apenas separava da rua, que era aliás uma travessa lateral, pobre rua triste, íngreme e cheia de árvores, onde ninguém passava, senão alguma lenta beata de passo miúdo, desfiando o terço.

Longo tempo esperamos, medrosas, enervadas, o pulso batendo forte. De repente, na calma do pátio, ouviu-se que alguém assobiava na rua os primeiros compassos do *Rêve d'amour*. Era ele, era o nosso xeque! A música querida escalava o muro, subia até nós, num trinado de flauta, aguda, misteriosa, embaladora. Cumpria o combinado, o xeque, vinha saudar a namorada com a música que tocaram juntos. Não pudemos responder nem nos lembramos disso. Ficamos encostadas ao muro, ouvindo, ouvindo: cada compasso era como uma palavra comovente e inesquecível, era como a própria voz do amor nos chamando e nos enlevando, carregando-nos para os grandes ares do mundo, onde as paixões vivem — mundo de felicidade irreal que entremostrava a nós, pobres crianças reclusas, um pouco de sua mágica claridade.

Meu coração batia, batia de amor por aquele homem, que eu nunca vira, que nunca vi depois, como talvez jamais tenha batido tão forte por nenhum outro. Minha emoção era tão grande que tive medo do ciúme de Glória. Ela, porém, não cuidava nisso, era feliz em sentir seu amor partilhado por nós, talvez tivesse necessidade de dividir conosco esse peso tão grande e tão doce que enchia o seu coração.

Continuamos encostadas ao muro, silenciosas, opressas. A música foi se extinguindo docemente, e uma dor aguda nos feriu quando o som maravilhoso findou de todo. Ouvíamos agora os passos dele na calçada, lentos, indecisos, depois deliberados, rítmicos, se afastando.

Quando se sumiu o último som, Glória voltou-se para mim, murmurou:

— Eu podia ao menos ter dito: *Merci!* Ninguém ouvia, fora ele!

E pôs a cabeça em meus braços, chorando de comoção.

A minha perturbação era tão forte quanto a dela, tão forte, que virei o rosto para o outro lado, com medo de que Maria José visse que também eu chorava.

ESTÁVAMOS INICIANDO o jantar, às três horas. Aurinívea, "a Vovó" — a ledora do dia —, preparava-se para dar começo à meditação, e já dissera, com a sua fala frágil e rouca de velhinha, a frase sacramental:

— Em nome de Nosso Senhor Jesus Cristo! Que o santo nome de Deus seja louvado!

E nós gritáramos famintas o "assim seja!".

Já cortávamos o bife, com as facas eternamente, incrivelmente cegas, quando Irmã Germana entrou, afobada e vermelha, cochichou em francês com a Irmã do refeitório, ambas saíram andando entre as mesas espiando a cara da gente, de uma em uma.

Eu ouvi a Irmã Germana dizer, passando perto de mim:

— *"Ce monsieur a tout vu, ma soeur, la voiture et le jeune homme..."* Como estavam pálidas, agora, as duas, e assustadas!

Depois da procura aflita, mal nos viam, nem reparavam nos nossos olhos ansiosos. Por fim, saíram juntas. E, logo que passaram a porta, correu pelo refeitório todo, de ouvido em ouvido, um murmúrio vindo da mesa das grandes: "Foi uma menina que fugiu. A Isabel ouviu a Irmã Germana dizer."

Quem fugira? E com quem? E por quê? Ninguém sabia. Olhávamo-nos, inquietas também, procurando ver quem de nós faltava.

Irmã Germana e Irmã Vicência voltaram, carregando o grande livro de matrícula, onde havia o nome de todas. Começou a chamada:

— Hortênsia! Presente. Enedina, presente, Maria do Carmo Silva, presente, presente, presente.

Ninguém comia, o jantar ficava esquecido nos pratos, e eram as Irmãs, sempre tão ciosas da disciplina, que promoviam a desordem.

— Maria Estela Pontes!

— Ausente!

Alguém falou:

— Foi para a enfermaria.

Continuava o desfile:

— Maria Augusta, Josefina, Alba, Angélica, Luísa Lima, Luísa Correia, presente, presente.

— Teresa Pinheiro!

Ninguém respondeu. Irmã Germana repetiu:

— Teresa Pinheiro! Onde está Teresa?

Ninguém sabia, nem Celeste, a irmãzinha dela.

— Não foi ao dentista?

A pequena, já trêmula, ergueu-se do seu lugar:

— Não senhora, o dia dela foi ontem.

A chamada continuou, mas não faltava mais ninguém, só Teresa. A Irmã destacou duas grandes, falou-lhes baixinho, elas saíram, muito graves. Depois nos mandou acabar o jantar em silêncio. Mas o silêncio era impossível. Um murmúrio abafado corria de lugar em lugar, e com ele a história que algumas tinham entendido pela conversa das Irmãs:

— Uma menina fugiu! A Teresa. O namorado dela estava preso no Colégio Cearense. Mas fugiu como? E de onde?

De repente cessou tudo, ouviu-se uma voz alterada no corredor da frente, a Irmã Germana correu à porta.

E a Superiora apareceu, pálida, o lábio trêmulo, apertando fortemente uma mão contra a outra, sobre o peito, como para conter os gestos tumultuosos. Nada se ouvia agora, na grande sala, nem o rumor dos talheres. Ninguém comia mais, ninguém arriscava uma palavra, tremíamos todas num grande medo, como se cada uma de nós houvesse também fugido e esperasse agora o castigo.

A Irmã Superiora nos ficou olhando algum tempo, procurando visivelmente acalmar-se. Eu, que estava perto, ouvia responder a uma pergunta sussurrada a medo pela Irmã Germana:

— *"Bêtes, je n'ai vu de cas pareil que chez les bêtes aux champs!"*

Lentamente, ainda se contendo, enfiou as suas mãos longas e claras nas mangas do hábito; afinal falou:

— Minhas filhinhas, venho procurar consolo junto de vós. Esta casa foi coberta de vergonha, uma de vós fugiu do colégio, fugiu para os braços de um homem. O amor do mundo a enlouqueceu, o pecado a cegou, ela ficou tal como um animal do campo que não conhece pudor, nem temor de Deus, e só escuta os conselhos diabólicos do instinto. Esqueceu os pais que a amam, não quis ver o escândalo a que arrastaria a vossa inocência, não pensou na sua alma imortal posta em perigo! Meu coração de mãe foi terrivelmente atingido e venho chorar junto de vós.

Porém as lágrimas que ela tinha nos olhos não eram lágrimas de mãe. Sua fala não tinha doçura, seu patético discurso não comovia, antes fazia medo, como se fosse carregado de ameaças.

A autoridade sem limites parece que corta às superioras de convento toda fonte de humilde e amorosa emoção.

Rainha ultrajada, sofria muito mais pela sua casa enodoada do que pela filha perdida.

Era isso, pelo menos, o sentimento que nos ficava das suas palavras e da sua agitação.

A Superiora voltou-se para a Nossa Senhora, guardiã do refeitório, bela figura de louça que aparecia em todas as dependências do Colégio. Olhou-a um tempo em silêncio, como pedindo à santa serenidade e conselho. Depois se ajoelhou de brusco, pôs as mãos, entoou a nossa jaculatória: "Ó Maria concebida sem pecado..." — e nós respondemos, opressas e desnorteadas.

Mas não acabamos a oração, interrompidas por um choro alto e convulso, uns gritos, um rumor de queda. Era Celeste, a irmãzinha de Teresa, com um ataque. A Irmã Germana, ajoelhada no chão, segurava a menina nos braços, sacudia-a docemente, exclamando: "Minha filhinha! Minha filhinha! Jesus! Maria!"

A pequena gritava, se estorcia, era como se o desespero e a vergonha se houvessem transformado num demônio e a possuíssem. As lágrimas corriam dos olhos da Irmã Germana, rolavam-lhe pela face abaixo, e no seu susto ela só sabia ir repetindo:

— Jesus, Jesus! Pobrezinha, pobrezinha!

Aquela era diferente, chorava de verdade. Sentia-se realmente mãe, e chorava.

*

Teresa fugira com o namorado, rapazola tão jovem quanto ela, preso também pela família num internato.

Eterno Romeu, eterna Julieta, mais uma vez se encarnaram e nasceram os dois namorados, viram a luz ambos nas mesmas verdes quebradas da serra Grande; na mesma escola aprenderam o *abc*, mas já então separados e inimigos, tomando cada um a sua parte no ódio velho que envenenava as suas gentes, desde anos e anos. Moços, depois, começaram a se amar, sem que ninguém soubesse como principiara aquilo, depois de tanto sangue corrido, tanto crime, tanta maldição gasta. Na terra pequena, vigiados por todos, mal se podiam ver e falar. Vingavam-se em cartas, escritas à noite, lidas à noite, trocadas afoitamente entre mil perigos.

Um dia o Coronel, pai do rapaz, interceptou uma das cartas de Teresa. Devolveu-a ao chefe do outro clã, o pai da menina, com um bilhete escarninho, subentendendo os piores insultos.

Teresa levou uma surra de relho e no dia seguinte estava tomando o navio em Camocim, rumo a Fortaleza, onde a esperavam o internato, o degredo. E o rapaz, que fugira atrás dela, doido de saudade e de raiva, foi apanhado aqui e preso também num colégio de frades.

No Colégio, ninguém a conhecia bem, menina soturna e sem amigas, metida sempre em cismas, talvez mastigando rancores e planos. Só manifestava um sentimento e só ele dava humanidade e calor de vida à sua enigmática figura: era o amor pela irmã, uma meninazinha de doze anos que entrara no Colégio alguns meses depois dela, pois a família queria agora prevenir de cedo novos romances. Teresa cuidava de Celeste como duma filha, e nunca os rigores da disciplina a impediram de deitar a menina, de lhe conchegar o travesseiro na cabeça, de a beijar de manhãzinha ao levantar, e lhe calçar os sapatos. Uma única vez ergueu a voz no Colégio; para reclamar a comida da pequena, a fatia de carne dura e com nervo. Certa vez, também, descobriu uma menina maior batendo em Celeste. Surrou a outra com tal rudeza que só os esforços reunidos de uma Irmã e dez ou doze meninas conseguiram lhe tirar a coitada das mãos, de uniforme estraçalhado e nariz correndo sangue.

Por causa disso quase foi expulsa. Ficou vários dias de castigo, isolada num gabinete, copiando em páginas intermináveis esta única sentença:

"Je suis une bête féroce."

Isso mil vezes, talvez mais. Porém o castigo não a adoçou, parece mesmo que a força da repetição a sugestionara, e ela era, mais que nunca, silenciosa, inabordável, feroz.

"Bête féroce" eram palavras do castigo. *"Comme une bête aux champs"*, dizia a Superiora. E, realmente, que seria Teresa mais do que isso, senão um belo animal jovem, vigoroso e revoltado, capaz de todas as audácias para quebrar a corrente, sair atrás do seu destino, do companheiro, nas vastas estradas da liberdade?

*

Aos poucos foram chegando os detalhes da fuga.

Teresa arranjara dinheiro, economizando pacientemente as pequenas quantias que lhe davam para merenda e alfinetes. Comunicara-se com o rapaz, combinaram a fuga simultânea, mandara-lhe as suas economias.

No dia ajustado, às três horas precisamente, quando o sino do jantar tocava e o colégio todo ia para o refeitório, um automóvel a esperava junto à grade da capela, já com o rapaz dentro e com o motor trabalhando. Desde meio-dia Teresa tinha um trajo de rua vestido sob a farda azul. Atravessou a capela, despiu o uniforme, deixou-o nos degraus da entrada, onde mais tarde o encontraram. Calmamente escalou a grade externa. Em cima, hesitou um pouco, sentindo a barra da saia presa a uma das pontas de ferro do gradil. Mas só esteve indecisa um momento, porque resolutamente se atirou para diante, o vestido rasgou-se no impulso, e ela foi cair de joelhos ao pé do carro. De dentro, o rapaz quis sair para a socorrer, porém ela se ergueu logo, e do moço só se viu o braço, fazendo-a entrar, depois batendo a porta do automóvel, que se sumiu na volta do beco.

Um bodegueiro de defronte assistiu a tudo e nem teve tempo para gritar e chamar gente, tão rápidos foram a escalada, o salto, a fuga. O homem entrou aos gritos no parlatório, e contou o caso tão mal que a velhinha da portaria não o entendeu e pensou que ele fosse um doido ou um bêbado.

No dia seguinte ao da fuga o correspondente veio buscar Celeste, que adoecera com o choque e não parara ainda de chorar. E o que mais lhe doía, a sua única queixa, era a irmã não lhe ter dito adeus.

Passados três dias, o Colégio ainda estava de nojo como num luto. Nunca o enodoara vergonha igual, em cinquenta anos de história. Só ousávamos falar baixinho, pelos cantos, ninguém cantava, e era proibido aludir ao fato.

Nosso pensamento, porém, não deixava a fugitiva, seguia o seu automóvel através das longas estradas, cogitava no que sentiria ela durante o mistério das noites, pelos caminhos, ou no despertar de aventura por lugares estranhos.

De noite, Maria José, Glória e eu, sentadas na grama do pátio, nos perdíamos nessas imaginações.

Estirávamo-nos de costas, as mãos sob a cabeça, olhando as Três-Marias que luziam próximas e nos chamavam.

Em torno de nós, os muros se erguiam, levantando-se agora mais meio metro, para prevenir novas fugas.

Aqui e além, tijolos esparsos, montes de argamassa, a desordem da construção.

Mas, que nos importavam os muros, a prisão mais fechada e mais alta? Nós tínhamos as nossas estrelas.

TÍNHAMOS AS NOSSAS ESTRELAS e vários outros problemas. O problema Jandira, por exemplo. Caso de mau começo e de solução obscura. Jandira era filha natural; pior, filha adulterina. Pai casado e mãe da vida, mestiça e humilde. Jandira não tinha um lar seguro, vivia com umas tias, irmãs do pai — três velhas solteironas das quais só uma a estimava —, e não sabia que futuro a esperava pela frente.

A gente pensa que a infância ignora os dramas da vida. E esquece que esses dramas não escolhem oportunidades nem observam discrição, exibem-se, nus e pavorosos, aos olhos dos adultos e aos dos infantes, indiferentemente. A história de Jandira, por exemplo, imprópria para menores, era uma interrogação terrível para nós e nos solicitava e nos perturbava permanentemente.

Jandira odiava as duas outras tias. Sentia-se tratada por elas como se trata um bicho miserável e importuno, como a um gato infeliz, recolhido em noite de trovoada. Que só tem direito à obrigação da caridade, ao seu pires de leite no chão e a um humilde lugar no borralho, sem lhe ser nunca permitido deitar nas almofadas da sala.

E Jandira era ambiciosa, precoce, cheia de sonhos.

Queria um lugar na festa e não o último, nem o mais escuro. E reagia. Acordava tarde, polia as unhas, recusava os pratos à mesa. Ficava na janela, olhando o cadete metido a fidalgo que passava reluzindo o dourado das dragonas. Sorria-lhe, gabava--se depois das continências, das vezes que o fazia tornar à rua.

Dondom, a tia mais nova, míope e azeda, observava:

— Conheça o seu lugar, minha filha.

E era como se lhe batesse no rosto.

Jandira chegava ao Colégio, caía nos nossos braços, roxa de desespero:

— Preferia que me desse uma surra! Preferia que me matasse!

E nada as comovia, às diabólicas velhas, nem as distinções que a menina lhes atirava à cara, as menções no quadro de honra, os seus sucessos de declamadora, nem o seu orgulho, a sua invencível ambição.

— "Conheça o seu lugar, minha filha..." (Isto é: "Pense em quem é você, na mãe que lhe teve, mulher sem dono e sem lei, que lhe largou à toa, criada por caridade. A vida se mostra, à sua frente, bela, sedutora, iluminada. Mas, para você, é apenas uma vitrina: não estenda a mão, que bate no vidro; e não despedace o vidro; você sairá sangrando... Contente-se em olhar, pode até desejar, se quiser. Mas fique nisso. Vá para o Colégio: estude com as outras, vista o que elas vestem, ria com elas, brinque com elas. Afine o seu coração pelos delas, e, se quiser, aprenda o que é o amor, leia os livros e sonhe! Mas, quando chegar a sua hora, recue, deixe o estudante sentimental que lhe faz serenatas, não se atreva a pensar no menino de família, e procure um da sua igualha. Nunca esqueça, porque ninguém lhe permitirá jamais esquecer a sua marca original, o ventre manchado que a gerou, o dia escuso que a viu nascer...")

A injustiça nos era familiar, e nós, em geral, não pesquisávamos a razão das coisas. As órfãs para nós eram as órfãs; os doentes, os doentes; os pobres, os pobres. Mas a injustiça, no caso de Jandira, era próxima demais, gritante demais. Feria-nos a todas.

Na opinião de Maria José, Jandira deveria ir ser freira.

— Já que o mundo não a quer, procure os braços de Nosso Senhor...

E eu comentava, com uma exaltação amarga:

— Freira? Que Ordem a receberia? Você pensa que nos conventos há lugar para ela? Só leiga, em certas Ordens, ou penitente, no Bom Pastor...

Como se Jandira aceitasse nunca ser uma leiga ou penitente! Superiora, abadessa, priora, nunca menos.

Jandira era externa. Via o mundo muito mais que nós, as avenidas, os cinemas, os rapazes, sofria de mais perto as suas seduções. E às vezes tinha fases estranhas. Esquecia a história do "seu lugar", ocupava tranquilamente o lugar que queria, fraternizava com os tiranos. Escolhia amigas nas rodas aristocráticas do Colégio, namorava com os irmãos delas, iludia-se, fazia projetos, cortejava o inimigo, talvez até o adulasse um pouco.

Nós nos sentíamos traídas, ficávamos aflitas à espera da reviravolta fatal. E a reviravolta chegava, súbita e brutal como uma bofetada. Alguém lhe dissera, de um modo ou de outro, no sítio ou na ocasião mais inesperada, o velho estribilho: "Quem é você? Conheça o seu lugar..."

E nós a acolhíamos, a acalentávamos, projetávamos vinganças. Sonhávamos casamentos impossíveis, como nos livros. É verdade que nos livros sempre se descobre que a professorinha órfã é de origem nobre, filha de condes. E com Jandira a realidade inegável estava sempre ali, presente, escarnecendo: a mãe viva, amando, degradando-se, criando outros filhos, invencível e inconsciente como uma força da natureza.

*

E eu murmurava, de olhos no céu escuro, as mãos cruzadas na nuca, pensando algo que, no fundo, talvez me parecesse uma solução:

— Tenho medo de que ela acabe se matando...

*

Eu ia fazer quatorze anos quando tive, pela primeira vez, vontade de me matar.

Naturalmente sem motivo. Creio que nesses casos é elemento secundário o que costumamos chamar "o motivo": isto é, uma causa concreta, imediata, responsável pelo impulso suicida. Os que precisam desse motivo matam-se por acidente.

Mas quem tem vontade de se matar mata-se sem carecer de um pretexto trágico, tremendo e intransponível; mata-se em razão mesmo dessa sua obscura aspiração de morte, mata-se porque uma coisa chama, porque sofre uma atração violenta e invencível.

É idêntico ao amor. Por que se deseja apaixonadamente determinado homem, por que a carne da gente estremece a um toque dele, a um roçar de mãos, à simples sugestão de uma carícia? Talvez que o amor da morte seja como o amor por homem, e a gente só o satisfaça, só se console e se cure depois de possuída e extenuada.

Sei que sempre me considerei uma suicida desde esse tempo. Tinha medo, medo do gesto, medo da dor (lá me volta a analogia), medo misturado de desejo.

E me consolava um pouco da insatisfação falando nisso, pensando nisso, planejando mortes suaves e obscuras — entorpecentes nas horas silenciosas da noite, fugas mar adentro na solidão de uma praia deserta.

E, quando fazia confidências sobre isso, ninguém me acreditava. Maria José e Glória me chamavam de doida, Jandira lembrava a palavra sagrada: "que o suicida é igual ao assassino."

Riam, diziam versos, levavam-me a ridículo; e se discutiam, é porque a idade ama a discussão e se deleita com o prazer da controvérsia.

E não me acreditavam a tal ponto, eliminavam tão sumariamente os meus devaneios, depois de provada a sua impossibilidade lógica, que às vezes eu própria me convencia de que os meus mórbidos desejos eram uma farsa, que eu falava uma comédia.

No entanto, a secreta aspiração ficava, ficou sempre. Ainda hoje a sinto — hoje é que a sinto de verdade.

Noites sem sono, noites compridas, intermináveis; olhos secos, o corpo rolando na cama, sem achar macio onde se acomode, as mãos cavando buracos fofos no travesseiro, cansaço, um tal cansaço! Preguiça do dia que vai amanhecer, das coisas eternas, imutáveis, que se irão repetir implacavelmente. E sonhar, sonhar com uma felicidade impossível, numa morte doce e rápida, sem dores e sem miséria, uma morte feliz e sorrateira como um sono, justamente como esse sono que está faltando.

ANTES DAS FÉRIAS do último ano Jandira nos surpreendeu com uma notícia sensacional: estava noiva.

Andava há uns meses arredia: nós pensávamos que os estudos a absorvessem, e ela se concentrava nos seus projetos, preparando sozinha a evasão, com medo talvez de que nós lhe criássemos dificuldades e objeções e lhe tirássemos a coragem.

O noivo era homem do mar, de fala vagarosa e profunda, andar pesado, alma singela, não cuidara da origem dolorosa da noiva, queria apenas uma mulher e queria Jandira.

A profissão romântica dele a compensava da desigualdade, eliminava certas distâncias. Um marinheiro é uma espécie de poeta inconsciente e o mar é o fundo ideal para todos os idílios. Ele tinha uma lancha a gasolina e fazia transportes dos navios para terra. Jandira não nos disse se o amava e talvez nem pensasse nisso. Bastava-lhe que a amasse ele. (Coisa inédita e maravilhosa para ela — a que devia sempre "conhecer o seu lugar" —, sentir--se a primeira no pensamento e no coração de uma criatura.)

E nos mostrava os presentes do noivo, os cortes de seda, os vidros de perfume, a pesada aliança de ouro, o relógio-pulseira. Nunca, porém, nos mostrou as cartas, as que ele escreveu durante uma viagem que fez a Camocim. Dizia-nos apenas que eram terrivelmente apaixonadas e saudosas, e tão ousadas que, se Dondom visse, talvez acabasse o casamento, escandalizada e furiosa.

Vi um dia a letra dele oferecendo um livro. Irregular, principiante, ameninada. E imaginei pela letra as cartas. Por isso Jandira não as mostrava.

*

Jandira casou no dia em que fez dezoito anos.

O altar estava enfeitado de rosas e lírios, e a noiva trazia ao colo a fita azul das filhas de Maria, entre as sedas brancas e o véu.

Nunca compreendi por que, se por desafio às tias, por vingança, zombaria, ou se por simples e humano enternecimento, Jandira fez comparecer a mãe à cerimônia, aquela mãe ignorada e inconfessável, causa de todas as suas humilhações. Descobriu-a não sei onde, vestiu-a, exibiu-a, caiu-lhe nos braços depois do casamento. E a mãe não a decepcionou: singela, modesta, vestida num casaco austero, abençoou discretamente a filha, sorriu timidamente e eclipsou-se.

As tias choraram, principalmente a mais velha, a que estimava Jandira, a que a punha no colo, quando pequena, e lhe contava histórias; nós sabíamos que, quando a menina ficou noiva, a tia lhe deu para o enxoval o seu gavetão de rendas — lindas rendas tênues e amarelecidas pelos anos passados à sombra da gaveta, reunidas para o seu próprio casamento, que nunca viera, fanadas e antigas como flores secas.

Jandira abraçou-se com a velha, pendurou-se-lhe ao pescoço, chorou desamparadamente, chorou como eu chorei no dia em que entrei no Colégio. Nós também tínhamos os olhos cheios de água, e o noivo, comovido e contrafeito, sorria timidamente, parecendo pedir desculpas por ser a causa de tudo.

Afinal um carro encostou à calçada, e Jandira entrou nele com o noivo e a sogra.

*

De noite, deitadas nas nossas camas do dormitório, pensávamos na outra, da nossa idade e já de aliança de ouro no dedo, já andando pela mão dum companheiro por novos e livres caminhos.

*

O ar dali nos sufocava, parecia-nos que nos impunham anos excessivos de infância. Sentíamos uma sensação humilhante de fracasso, de retardamento, de mocidade perdida.

MENINA-E-MOÇA ME tiraram do ninho quente e limitado do Colégio — e eu afinal conheci o mundo.

Depois das férias que se seguiram aos diplomas, via-me afinal na cidade, instalada, defendendo a vida.

Eu deveria ter ficado no Crato, as férias não seriam férias, apenas o começo da nova vida junto de minha gente. Porém não me conformei com isso e atravessei meses em casa como num hotel, como numa estação de passagem. Envergonhava--me dizer, mas não considerava aquilo o meu lar, ou pior, não sentia necessidade de lar, e tudo me parecia aborrecido, monótono e intruso.

No Colégio, cantavam-se em todas as composições e todos os hinos de fim de ano as belezas e as delícias do lar. Por isso, talvez, minha decepção foi tão funda.

Os meninos me importunavam, não os amava, sentia por eles apenas aquela ternura convencional que me tinham ensinado os livros, "a ternura devida aos irmãozinhos". Achava-os hostis, malignos, teimosos. Perturbavam-me nas minhas horas de abstração com discussões e choradeira, batiam-se constantemente, gritavam, sujavam-se, eram maliciosos, inconscientes e cruéis.

Com o tempo, foi que se desenvolveu o meu amor pelas crianças. Nessa ocasião, eu via crianças muito de perto, crianças desconhecidas, que apenas me inspiravam cansaço e medo. Mais tarde, sempre senti esse receio e essa fadiga vaga e incômoda, toda vez que me vi na proximidade assustadora e inumerável da multidão.

De começo, quando cheguei, corria para eles, de braços abertos, num grande entusiasmo. Esperava que me pedissem histórias, que me sentassem no colo, cheirosos e angélicos. Mas os garotos viviam sempre sujos, não queriam saber de mim, nunca se interessavam por histórias senão muito vagamente, no meio da confusão e das lutas. E, se eu facilitava, atiravam-me as mãos ao rosto.

E em casa a monotonia era tão opressora, tão constante, que chegava a doer como um calo de sangue. Chegava a ter equimoses de tédio.

Logo no dia seguinte ao da minha chegada, houve uma sessão solene, onde, depois de breve prólogo, Madrinha explicou meus novos deveres de filha e irmã mais velha, falou na colaboração que a família esperava de mim. E como me horrorizavam, minha Nossa Senhora, as camas por fazer, as meias por cerzir, as mesas a pôr e a tirar, as famosas semanas de cozinha que eu deveria revezar com minha madrasta! O fim apologético daquilo tudo era preparar em mim a futura mãe de família, a boa esposa chocadeira e criadeira. Eu, no entanto, sentia apenas que queriam aproveitar minha presença em casa, tirar serviços de mim, e os mais desinteressantes e inglórios.

E ninguém me entendia, admiravam-se que, depois de tantos anos de reclusão e disciplina, eu só quisesse, só aspirasse à liberdade e aos prazeres proibidos. Como se a prisão acostumasse o prisioneiro, e ele, depois de solto, não desejasse mais nada senão voltar à farda de preso e à ronda noturna no pátio!

Meu sonho era acordar tarde, sem gritos de menino, sem barulho de vassoura pela casa, sem aquele laborioso e exasperante movimento de colmeia que amanhece. Sem a voz de Madrinha, que me abria a porta do quarto e batia palmas, dizendo sonoramente:

— Maria Augusta, olhe as horas! Seu pai naturalmente não gosta de que você acorde tão tarde! Já estamos tomando o café.

Eu, que ainda preguiçava, pensando vagamente em coisas boas e imprecisas, saltava da cama furiosa e envergonhada, enfiava o vestido a toda pressa, ia lavar os dentes na janela da sala de jantar; ali me esquecia de novo, ficava abstrata, a boca cheia de espuma, olhando os canteiros de zínias.

Implacável, clarinante como uma coisa mecânica, a voz de Madrinha se erguia de novo:

— Fez sua cama, minha filha?

O sangue me subia todo para o rosto, eu enxaguava os dentes às pressas, corria para o quarto, estirava a colcha sobre o lençol enrugado. E ouvia ainda Madrinha comentar com papai, numa censura velada:

— Tantos anos de Colégio! Como foi possível que não se acostumasse?

Mas, Deus do céu, ela não via, papai não via, ninguém via, que o único desejo do meu coração era derrancar hábitos, esquecer a escravidão do sino, das rezas, da cama feita? Para que sair do Colégio, para que ser afinal uma mulher, se a vida continuava a mesma e o crescimento não me libertara da infância?

É difícil exprimir em algumas linhas tudo o que foi para mim esse tempo decisivo, que exigiria talvez um livro, só ele, para dizer as minhas rebeldias, minhas lágrimas à noite, meu desesperado desejo de fuga, que chegou a ser quase uma obsessão.

O melhor mesmo é passar adiante.

*

De forma que, quando vi no jornal o edital de um concurso para datilógrafo em Fortaleza, agarrei-me a essa esperança com tanta tenacidade e energia que Madrinha cedeu, papai cedeu, trouxe-me para fazer o concurso, visitou amigos, conseguiu a nomeação.

Comecei a trabalhar. E parecia-me que a felicidade começava. Viver sozinha, viver de mim, viver por mim, livrar-me da família, livrar-me das raízes, ser só, ser livre!

E, NA CIDADE, A VIDA ERA igualmente monótona, cheia de outros pequenos deveres enfadonhos. Tudo corria dentro de uma rotina que eu teimava em querer imaginar provisória, mas que se eternizava implacavelmente.

Tinha eu dezoito anos quando comecei a trabalhar, e seis meses depois já sentia medo de ficar velha sem saber o que era o mundo.

O mundo: grande era a minha sede. Não de prazeres, ou melhor, não só de prazeres. Minha alma era como a daquele soldado da história de Pedro Malazarte que abandona tudo, sai de mochila às costas, sofre fome, perseguições, anda cheio de poeira e cansaço por cidades estranhas, governadas de reis cruéis e astuciosos, tramando todos a sua perda. Ele, porém, escravo do desejo de "ver", de "conhecer", afronta tudo, continua eternamente atrás da surpresa impossível, do nunca-visto, caminhando sempre para a frente, sob o sol e por entre perigos.

Eu me sentia igual a ele, éramos irmãos nós dois, o soldado e eu, sendo eu a irmã que ficara, que o não pudera acompanhar, e lhe estendia os braços e chorava.

Andar. Viver. Viver uma vida complexa, onde as criaturas realmente existem, amam, sofrem, morrem, não sabem o que é passar a vida sentadas a uma máquina escrevendo fichas, fichas, batendo relatórios que os outros escreveram, coisas vis e sem humanidade, palavras que não têm existência real e não têm conteúdo, que não designam nada, senão as relações absurdas de gente que é apenas uma fórmula ou um título. Palavras como "vossência", por exemplo. Frases como "saúde e fraternidade".

PRIMEIRO FUI MORAR em pensão, na casa de uma parenta de papai. Mas o quarto era escuro, pequeno e caro; o ordenado do emprego ficava todo ali, e eu não vestiria um vestido novo, não mudaria um sapato se não recebesse de vez em quando algum presente de minha madrasta — sempre coisa sólida, boa, horrenda.

Depois fui morar com Maria José. Dona Júlia tinha acabado com a vacaria, que só lhe dava prejuízos e luta. Mudara-se para o fim da linha do Mororó, perto do cemitério, fornecia comida em marmita para ganhar o sustento dos filhos e vivia sempre cansada e neurastênica, queixando-se da vida e das pessoas, eternamente prevenida contra as más surpresas do destino. Vidente de má sorte, só previa os golpes para os sofrer antecipados, e cada dor que os outros contam como só uma, duas vezes a feria: antes e depois.

Maria José ensinava numa escola de arrabalde. Repartiu o quarto comigo. Era o primeiro da casa, onde deveria ser a sala de visitas, claro e grande, dando janelas para a rua.

Cada uma de nós arrumou as suas coisas em torno da cama, e só um velho guarda-roupa imenso, vindo da casa do Alagadiço, nos era comum. Dentro dele, Dona Júlia guardava também a sua roupa de sair que não era mais o velho vestido de seda-palha dos outros tempos, mas um novo, de sedinha de xadrez, que rangia. E duas roupinhas de marinheiro dos filhos, calça de flanela vermelha e blusa azul, que tinham sido dos meninos mais velhos e agora serviam para os dois menores. Dona Júlia não podia abrir o guarda-roupa e olhar os marujos sem estirar o beiço e empurrar o gancho mais para o canto, num gesto rancoroso e invariável. Tinha sido o último presente do pai, aquele marido que a corrente carregara e hoje navegava por águas distantes e pecadoras.

Junto à sua cama, Maria José tinha um genuflexório e, no alto de uma cantoneira, um Cristo e uma Nossa Senhora de gesso; a um lado, a mesinha cheia de livros da escola e de cadernos por corrigir, o véu, o manual grosso de ir à missa. Por cima da cantoneira um quadro a *negron* que ela pintara no Colégio.

Eu arranjara uma estantezinha para os meus romances e poetas, misturados com uns números soltos do *Diário Oficial*, que a repartição nos obrigava a assinar e que só Dona Júlia lia, "para ver as nomeações novas".

Na minha cabeceira o retrato de papai e mamãe, numa fotografia descorada e dura, onde papai estava mais apagado e tinha mais ar de fantasma do que a morta.

*

Lendo na cama, aos sábados à tarde, muitas vezes nós duas espichávamos o pescoço à passagem dos enterros ricos (por que há mais enterros e casamentos sábado à tarde?).

O grande carro cheio de dourados, os quatro buquês roxos e rígidos tremendo nos cantos, o montão vermelho e verde das coroas esmagando o defunto, a longa fila vagarosa dos automóveis, donde um ou outro rapaz virava a cabeça para nos olhar. Maria José se benzia e murmurava alguma jaculatória em intenção da alma que voltava para "a grande pátria". Eu aproveitava a oportunidade para dizer alguma ironia de mau gosto sobre o outro mundo, alguma alusão escarninha à decomposição da pobre alma que passava levada de charola.

*

Porque é preciso dizer que já há muito tempo eu me desprendera da religião trazida do Colégio. O processo foi lento, como uma vagarosa desagregação, sem surpresa nem violência. A verdade é que nunca acreditei direito em nada; a crença era, em mim, uma casca exterior, e o meu maior ato de fé talvez fosse me exaltar liricamente pelos mistérios da comunhão e do êxtase, assumir a atitude da prece, "sentir" a devota em mim, como o ator no palco sente em si o personagem que encarna.

A falta da prática foi me mostrando a fraqueza de minha fé. Deixei de crer porque deixava de orar, deixava imediatamente de sentir o meu personagem quando não o representava mais em cena. Fui abandonando a prática — a oração da noite, a missa, a confissão — e perderam-se as convicções. Tentei segurá-las, talvez me doesse um pouco sair da trilha em que as outras andavam, perder aquele apoio místico, que é como as muletas morais de muita gente. Mas não lutei muito, ou não lutei nada, deixei a crença me fugir do coração como um pouco de água livre me escorrendo entre os dedos.

É verdade que criei, até mesmo para mim, controvérsias fictícias que, no fundo, me aborreciam. Não sentia necessidade de discutir para perder a crença, nem tinha o que destruir mais; para que lutar ainda? Entretanto, deixava me arrastar a debates com as Irmãs, com papai, com o padre reitor — talvez por um certo amor à oratória e à polêmica, e a vontade muito adolescente de escandalizar, de me situar à parte, embora condenada. Escrevi cartas, compareci a entrevistas onde íamos discutir a doutrina da evolução, o pecado original e a causa da rebelião dos anjos. Li grossos livros de exegese, em parte para satisfazer a Irmã Germana, que me esperava vencer com a palavra dos doutores, em parte para arranjar argumentos com que fundamentar minha ignorância. Livros estranhos e obscuros, muitas vezes cheios de uma poesia primitiva, subterrânea. Um deles, *A mística divina*, contava o que eram os sabás, as missas diabólicas, as aparições do demônio, grande animal negro sentado num trono de chamas, adorado das almas vencidas pelo orgulho, pela ambição e pela luxúria.

Era belo e terrível, esse livro, e ao mesmo tempo ingênuo e majestoso. Nunca mais o esqueci.

Não durei muito na polêmica, o papel me cansou, aquilo afinal não me interessava, era como desenterrar raízes murchas.

Não sentia nenhuma necessidade profunda de falar nessas coisas, senão aquele escuso desejo de mistificar para me dar importância. Quando escrevi a última carta e compareci à última entrevista, já fazia tanto tempo que eu deixara de pensar em Deus! E, passando uma revista geral, desde a infância, a religião não foi talvez nunca para mim senão uma das disciplinas do curso — e uma das que mais me compraziam, rica de sugestões profundas e de invencível poesia, desde os pastores da Bíblia até as trombetas do Juízo Final.

FOI POR ESSE TEMPO que Glória noivou? Creio que sim. Fez-me a comunicação numa cartinha lírica, muito diferente do que se poderia esperar da alma enérgica e quase áspera de Glória. Falava no "noivinho", um bacharel do interior (de Quixeramobim, onde a Superiora a mandara passar férias), moço benquisto e amável. Tive inveja. Não via, pela minha frente, bacharéis inteligentes e casadouros. Nem médicos, nem soldados, nem oficiais de Marinha. Eu era namoradeira, mas arisca, e não sabia coordenar pretendentes. Dispersava-me pelos namoros de bonde, simples olhares, sorrisos, palavras rápidas. O noivado de Glória me empolgou mais do que eu confessaria. A gente se habituara, no Colégio, a viver os namoros das outras como um romance comum a todas.

Conheci o bacharel, quando Glória voltou das férias. Era tímido, delicado, lido. Falava em bons autores, embora sem calor, coisa que me impressionou pouco, porque eu, a esse tempo, continuava a não ler quase nada que fosse realmente um livro.

O rapaz nos chamava "as irmãzinhas de Glória", a Maria José e a mim, e nos trazia caixas de doces, como à noiva.

Glória reinava magnificamente, sempre no primeiro papel, agora que era feliz, como nos tempos escuros da tragédia. Vivia a sua hora de amor com o mesmo fervor apaixonado e incansável com que vivera o drama; e parecia que o noivo lhe tomara todo o lugar ocupado antes pela sepultura do pai.

Maria José, que sempre considerara uma virtude superior aquela devoção filial de Glória, veio me perguntar um dia se eu também não achava que aquele seu amor desencadeado pelo noivo era como uma espécie de traição ao antigo ardor sem restrições de sua saudade pelo pai. E aquilo me abalou, fiquei também enxergando a traição, doeu-me que Glória se renegasse assim, depois de tantos anos de viuvez filial.

E ambas nos enganávamos. O coração de Glória não mudara, era sempre o mesmo, despótico, generoso, apaixonado.

Precisava de amar ardentemente, e durante anos se apegara à sombra de um morto. Surgira um vivo depois, insinuara-se na sua ternura, fizera-se querer e — nada mais natural — toda a força do amor de Glória se encaminhou naquela direção.

E eu a invejava. É verdade que não era propriamente por causa do bacharel, que, como pessoa, não me interessava muito. Só uma vez, em que os surpreendi beijando-se, eles me perturbaram um pouco. O que eu invejava era a oportunidade de amar, era aquele tranquilo direito de posse que Glória se arrogava sobre um homem, sobre um vivente, e a alegre submissão dele, a felicidade que parecia sentir em ficar calado, segurando a mão dela, o sorriso de aquiescência terna com que se deixava apresentar por Glória: "Afonso, o meu noivo..."

Comecei a ter sonhos exaltados. Desejei amar um homem excepcional, diferente de todos — um cego, por exemplo. Ser a luz dos seus olhos mortos, a única ligação do meu amado com o mundo, sobrepassar por um amor incomum os noivados quietinhos e felizes que me humilhavam.

Seria talvez influência dos romances de guerra, cheios de galãs mutilados, que eram a nossa leitura, então?

Mas cheguei a um ponto que não me podia imaginar amando a um homem senão como enfermeira, abraçando-o e amparando-o, ao mesmo tempo, dando-me toda em paga da vista, do braço ou da perna perdida. Parecia que o meu instinto maternal, ainda impreciso, carecia encontrar de qualquer modo uma fraqueza para proteger.

AFONSO NOS TINHA LEVADO, a Glória e a mim, ao teatro. Estreei vestido e chapéu novos, sentia-me mais velha, bonita e diferente. O pano baixava e tornava a subir, o teatro inteiro trepidava ainda na vibração aguda do dó de peito.

À frente do palco, o tenor curvava-se agradecendo, seus olhos pequenos reluzindo ao clarão das luzes violentas. Eu aplaudia com calor, sentia o coração docemente aquecido pela música excitante; ao meu lado, excitados também, Glória e o noivo, dedos entrelaçados, olhos lânguidos e líquidos, fixos um no outro, sorriam nervosamente. Sentia-me comovida e solitária, vendo tão perto de mim o amor deles, ainda sob o efeito dos idílios da cena, do jeito amoroso e triste de *Don José*.

O tenor foi embora, o pano baixou de verdade, e reparei no povo que me cercava, na multidão ofegante da plateia, que se desafogava agora em palmas violentas.

Foi então que notei o homem de cabeleira grisalha, sentado numa das poltronas da imprensa. Magro, sem cor no rosto, a feição miúda e fina, a cabeleira enorme, toda alinhavada de branco, tufando em redor das fontes pálidas. Era feio, débil, pequeno, mas tinha um ar de romance, talvez um ar de grandeza interior que ele procurava pôr toda nos olhos, enormes, fundos, escuros. Olhou-me longamente, fixamente. Eu também o olhei, de começo sem me sentir — o homem era tão velho! —, depois meio perturbada, ainda sob a influência das doces melodias e do *sex appeal* do tenor, sentindo inconscientemente naquele homem um ar falso e teatral que o situava bem ali, que o fazia parecer integrado em toda aquela ficção de papel pintado e caras postiças de que os nossos olhos estavam cheios, na plateia.

O homem, vendo-se fitado por mim, sorriu de leve, fez um ligeiro gesto de saudação a que eu correspondi, sem saber bem se o conhecia; decerto que sim. Como se atreveria ele a me cumprimentar se nunca me houvesse visto antes? Momentos depois ele se ergueu; andava macio, pausado, meio curvo. Encostou-se à balaustrada, e ficou fumando uns cigarrinhos finos e longos, aspirando-os com uma volúpia meticulosa, deixando que as duas colunas de fumo lhe subissem do nariz, lentamente, ritualmente, como um incenso.

E não parava de me olhar, tão insistente que seria indiscreto, se os seus olhos não se enevoassem no fumo, ficando distantes e como apagados.

Voltei-me para o outro lado, perturbada, meio aflita. Glória, em pleno êxtase, sorriu-me através do véu de amor que também lhe empanava a vista. Senti-me mais só ainda, e de repente fui grata àquele homem, àquele olhar que me procurava no meio do meu abandono.

Na meia-luz da sala, o seu vulto se recortava fino, curvo, como o dum velhinho, e me pareceu ainda mais romântico, assim silhuetado na sombra. Depois, Cármen começou a cantar, Don José voltou a amá-la; eu me engolfei de novo na ópera. Só uma vez desviei os olhos, circulando-os pelas figuras mais próximas. E notei, com um choque, que, meio reclinado na sua cadeira, a atenção longe da cena, o homem ainda me olhava com o seu ar indolente, como se só a minha vista o compensasse de tanto tédio.

Com ele começou o meu primeiro caso de amor. É preciso notar, entretanto, que eu merecia realmente compaixão. Ainda ia fazer vinte anos, e me sentia inteiramente só, com minhas esperanças no mundo e nas suas promessas em completa crise.

No outro dia o vi. Chama-se Raul. Passávamos diante dum café, e ele lá estava numa mesa, sozinho, entre as nuvens do seu cigarro.

De dia me pareceu mais velho, mais cansado. E também mais romântico e misterioso, prometendo grandes momentos. Maria José, que ia comigo, viu-o quando me cumprimentou. Também o conhecia. Era pintor e fazia farras medonhas. Diziam até que tomava cocaína. Um boêmio sem eira nem beira, que conhecia metade da Europa e todos os cafés de artistas de Paris. Quase morrera num hospital, em Nápoles, de onde conseguira se repatriar com um falso passaporte de emigrante. Num dos acasos do seu voo, arribara aqui, anos atrás, e, ninguém sabe por quê, aqui casara, carregando depois a mulher consigo pelos apartamentos de luxo, nos tempos bons, pelas pensõezinhas de terceira ordem, nas vacas magras.

Voltara agora, emergindo de nova crise, pedindo hospitalidade ao sogro para descansar um pouco. Começou a pintar, a vender os quadros, arranjou alunos, ia ficando há mais de um ano. Chegava em casa de madrugada, a mulher brigava, os vizinhos ouviam. Um perdido.

Ouvi a biografia sem surpresa; era a única história que se harmonizaria com ele e com o que eu dele imaginara.

O café era na esquina e nós dobramos a rua, contornando o canto. Tornei a vê-lo, ele se ergueu um pouco e os seus olhos fundos me sorriram, saíram da sua névoa. Sorri também, atraída pelas terríveis promessas das histórias de vício e de aventura.

Nessa noite dormi pensando em Raul. Via sua cara pálida bem perto da minha, o olhar de expressão dolorosa, a boca de risco amargo. Descobria naquele rosto estranhas belezas.

Poucos dias depois do teatro e do café, um rapaz, nosso amigo comum, conhecido de Raul, dos bancos da Praça do Ferreira, onde discutiam furiosamente arte e política, amigo meu dos bondes e das avenidas, nos apresentou um ao outro.

Era uma retreta, e a banda tocava o *Danúbio azul*. Falou-se nas valsas de Strauss e em Viena. Raul me disse com ares de descoberta que me achava inteligente, falou em pintura, prometeu me mostrar uns quadros, convidou-nos a ir ao seu ateliê.

Tive medo de ir, mas fui. Fui com Aluísio, o tal rapaz que nos apresentara, e com Maria José: seduzi-a com a perspectiva de ver quadros, quadros de verdade, pintados realmente por um artista e não litografados; de ver Raul pintando, ela que dedicava a pintores e músicos uma devoção enternecida e de certa maneira os misturava à sua corte de santos.

*

E Raul não nos decepcionou em nada, realizou o artista tal qual o sonháramos, vestido na bata branca, perdido no enorme salão atravancado de cavaletes, de pranchetas e de quadros.

Ao canto da sala, numa moldura preta, um quadro feito em Paris. O Sena, o cais, o casario escuro perdendo-se na bruma, do outro lado. E outros quadros na Europa, além desse, paisagens de choupos, uma tarde dourada de outono, dois nus. Num dos nus, uma velha de costas, reclinada nuns estofos de veludo vermelho. Causou-me mágoa e pena. Raul, entretanto, parou atrás de mim e disse com convicção: "Este é bom." Seria bom, talvez. Mas a mim só me fazia dó e vergonha. Bom por quê, aquela pobre avó despida, tão ridícula e infeliz?

Por toda parte nus, muitos nus. Maria José, pura e curiosa, evoluía no meio daquela gente despida e rósea, sem pudor, sem receios. Não era a arte coisa sagrada? O Vaticano não estava cheio de estátuas nuas? E ela dava opiniões, pedia esclarecimentos. Eu me sentia muito mais constrangida, parecia-me que, de certo modo, Raul tencionava me arrastar para a sua coleção, pôr-me no meio das mulheres que exibiam os seios, o ventre, as coxas, pelas telas. E estava pensando justamente nisso, enquanto Maria José e Aluísio comentavam a paisagem do Sena, quando Raul se aproximou, tocou-me o braço:

— Sabe que você dava um lindo retrato?

Recuei, apavorada. Não, eu não! Vi-me logo, nua também, no divã, posando como as outras.

Voltei-me para ele bruscamente:

— Eu? Nunca!

Raul insistiu: Por que não? Se me visse ali, como me via ele, o olhar pensativo e escuro, a linha do perfil se recortando no fundo vermelho da parede...

— Estou louco para pintar suas mãos e seus olhos.

Maria José chegou, perguntando se ele não se dedicara nunca à pintura religiosa.

Já, já uma vez fizera um Cristo que não prestou, uma Anunciação que ficou na Escola, duas ou três santas para encomendas.

— E agora mesmo estava vendo se obtinha da Guta me posar para uma Nossa Senhora.

— Nossa Senhora?!

Sorri. Maria José, porém, aplaudiu extasiada:

— Sim, uma Nossa Senhora... Nossa Senhora era judia, devia ser morena também...

Raul me fitava, de olhos cerrados, sorrindo.

— Nossa Senhora adolescente, com as mãos cheias de flores...

Aluísio, que afinal deixara o Sena, ouviu o resto da conversa e protestou:

— Guta não tem nada de Nossa Senhora! Que literatura ridícula essa de vocês!... Faça um quadro moderno, rapaz: Guta trabalhando!

— Sim, de datilógrafa, como realmente sou. É só do que tenho cara.

Raul e Maria José concordaram ruidosamente. Ele, que concordaria com tudo, e naturalmente nunca pensara a sério em fazer a santa, já delineava o quadro:

— Fique aí, Guta, por trás da mesa. Assim, com essa blusa branca, a gola fechada, a máquina ao lado, o olhar longe, o bloco de taquigrafia esquecido na mão...

— Não sei taquigrafia!

— No retrato sabe. E o quadro vai se chamar: "A Secretária." É sempre assim que eu a imagino, na sua repartição.

Protestei. Na repartição eu vivia com os dedos manchados de carbono, curvada sobre a máquina, batendo relatórios, relatórios...

Maria José, que não me ouvia (ela detestava ver-me utilizar o elemento prosaico da vida "para fazer espírito"), já combinava com Raul os detalhes da pose. Que eu poderia vir muito bem às tardes, depois das quatro. Das quatro às cinco, por exemplo. Toda vez que pudesse fugir da escola, ela viria comigo. E concluiu com candura:

— Creio que não tem nada demais ela vir só. O senhor já não é um rapaz, que pudesse dar que falar...

Olhei para ele. Raul sorriu indefinivelmente, aprovou:

— Oh, já sou um velho, um antepassado...

Eu ainda quis me defender de vir, não soube, não pude. Raul agora explicava a Maria José e Aluísio a dificuldade terrível que encontrava para trabalhar numa terra sem modelos, sem ninguém que se prestasse a posar, nem como profissional, nem por favor. Imaginassem agora como ele não se agarraria a essa sorte inesperada de contar com Guta, que tem um tipo tão diferente, uns olhos, um riso, tão raros...

Quando descemos a escada, Raul nos acompanhou até a porta e, à saída, segurou-me a mão mais tempo:

— Até breve, Secretária. Posso ter a certeza de que vocês a trazem no sábado?

Maria José jurou ruidosamente que traria. Aluísio também prometeu voltar logo e devolver os livros que levava.

Eu fui que não falei, e saí quase com medo; medo de, mesmo sem dizer nada, ter prometido mais que os outros.

E ele sorria, da porta, prometendo também, e naturalmente esperando Deus sabe o quê.

Quando Aluísio nos deixou, avancei de dentes trincados para Maria José. Ela mesma não me tinha contado a vida indecente de Raul, as bebedeiras, a farra eterna? Como é que me comprometia com aquela história de retrato e de pose?

Maria José, entretanto, seduzida pelo que vira, muito cândida, talvez, para ter percebido alguma coisa, não se importou com as minhas recriminações:

— Ora, Guta! A tal vida dele é por aí, com "essas mulheres"... Quem é que vai se lembrar de falar em você? E, além disso, a mim ele pareceu tão culto, tão educado, tão artista! Deve haver muita calúnia.

E ela não sentia que o perigo estava justamente nisso, no "culto", no "educado", no "artista". Tive vontade de contar tudo e gelar aquele entusiasmo. Mas recuei, e pensei com razão: "Contar o quê?"

No SÁBADO MARCADO fizemos a primeira pose. Acompanharam-me Maria José e Aluísio, que andava muito interessado no retrato.

Era dia santo, não subia para o ateliê nenhum barulho da rua, só a cantiga incessante dos sinos da Sé.

Raul preparou a pose, fez-me sentar na cadeira alta, gastou um tempo esquecido me estudando o rosto, de frente, de perfil, de três quartos.

Maria José, maravilhada e cheia de respeito, mal respirando de comoção diante dos ritos sagrados, sentara a um canto do divã e ficara quietinha, as mãos nos joelhos, o olhar atento, a boca entreaberta.

Aluísio, como sempre, remexia nos livros que ia encontrando pelas mesas e não prestava atenção a ninguém.

Eu é que não acreditava direito na seriedade de tudo aquilo, na convicção com que Raul me pegava, no queixo e ia me virando o rosto lentamente, procurando luz. Via em tudo uma comédia, sentia o pretexto escondendo desígnios obscuros. É verdade que a ideia do retrato, da pintura, daquela escolha de mim para modelo, feita quase como uma homenagem de amor, tudo isso me virava a cabeça e me deslumbrava. Passei duas noites quase sem dormir, pensando nesse retrato, fantasiando o quadro, sentindo-me na tela, vendo minhas mãos, meus olhos feitos daquela luz baça, com aquele ar parado, longínquo e cheio de mistério, das figuras pintadas do ateliê.

Mas isso fora antes. Agora, porém, junto de Raul, sentia-o próximo demais, proximidade que lhe tirava muito mais da sua essência mágica de "artista". Ele sorria, falava, riscando vivamente na grande tela, de que eu só via o avesso, no cavalete. E os olhos dele me percorriam insistentemente, como se me despissem ou me tocassem. Houve depois um momento em que ele disse:

— Fique caladinha que eu vou desenhar a boca.

O modo dele falar soou-me agressivo, direto como uma carícia ousada, como um gesto de posse. Meus lábios tremiam, eu sentia neles o peso da mão atrevida, que agora desenhava devagar, amorosamente, como se roçasse pela minha boca, apossando-se dela, lentamente.

Os outros dois não viam nada, não sentiam nada. Só eu e ele. Não suportei muito, tive que interromper com um pretexto:

— Posso ver?

Raul estendeu a mão para mim, precipitadamente:

— Não venha! Não vale a pena, ainda está um borrão!

Eu, entretanto, já estava junto dele, e encarava admirada, um pouco decepcionada, a figura angulosa, com todos os meus traços acentuados, que o *fusain* esboçara em linhas indecisas.

Raul insistiu:

— É extraordinariamente difícil dominar a sua boca...

Sorriu e acrescentou:

— Será sempre assim?

Voltei à minha cadeira. Aluísio, agora sentado, fumando quieto, olhava-me fixo, como se igualmente me estudasse o rosto. Sorria de leve, me detalhava também, mas eu nada sentia, não via nele os olhos do outro.

Maria José, essa, pusera-se atrás de Raul, acompanhava-lhe os gestos da mão, os tiques da boca, de respiração suspensa. Ele ainda desenhou algum tempo, apagando, recomeçando, meio nervoso. Afinal interrompeu:

— Vamos parar. Guta deve estar cansada e eu não dou mais coisa nenhuma.

Maria José suspirou com pena. O pintor cobriu a tela com uma cartolina e não deixou ninguém mais olhar nem comentar.

— Vamos deixar o esboço dormir.

E foi nos mostrar um álbum de pintura inglesa, no qual desde a véspera nos falara.

Eu, entretanto, deixei-os vendo o álbum e fui espiar a tela. Realmente, devia ser eu. Feia, esquematizada em traços rígidos — e era assim que ele me via. Foi dolorosa e humilhante essa constatação. Se ele me via assim, era impossível então que me amasse, que me desejasse e me idealizasse. E dizem que quem ama o feio, acha-o bonito... Não, não é verdade. E a prova é que, por ele, que parecia amar-me, eu era vista ainda mais feia, deformada numa caricatura.

Estava pensando nessas coisas quando senti Raul atrás de mim. Deixara Maria José e Aluísio entretidos com o álbum e viera me soprar entre os cabelos:

— Agora, quando você sair daqui, não me sentirei mais tão só.

Na minha decepção, arrisquei:

— Pois eu me acho tão diferente aí... Nem me reconheço.

Raul riu:

— E o conteúdo interior?

Eu, frivolamente, olhava o traço, a semelhança bonitinha. Mas a expressão, o sentido íntimo é que o interessava: "E essa, creio que a apanhei. Consegui mesmo registrar a melhor das suas expressões, esse seu meio sorriso de lábios descaídos."

Calei-me, lisonjeada, ao vê-lo se interessar tanto pelas minúcias da minha expressão. Mas no fundo não acreditei bem, fiquei pensando que ele talvez não fosse afinal o grande pintor que a gente daqui dizia, pobre gente que nunca viu nada e não pode ter opinião sobre artistas.

Ou, então, a arte era realmente mais uma decepção.

GLÓRIA QUERIA PARTICIPAR o casamento a Jandira e fomos ambas visitá-la, lá onde morava agora, numa rua para os lados da Piedade. Era uma grande casa antiga, de vastas salas de teto estucado, porão sombrio e enorme, varandas de ferro forjado e caixilhos desmantelados. Casa apalaçada, abandonada pelos donos, capricho esquecido de ricaço, erguendo-se erma e velha por entre as casinhas humildes de duas águas, no meio da rua pobre.

Achei Jandira magra, vestida em roupa muito modesta, as mãos maltratadas, de unhas roídas e o seu eterno ar de desafio, sinal de que sofria.

Dizem que o marido dela deu para beber, vive vadiando e não dorme em casa.

Procuramos saber a verdade, discretamente. Porém Jandira não disse nada, não se queixou, referiu-se ao marido amigavelmente. Quem sabe tinha pena de perturbar as esperanças de Glória, com as suas desilusões; ou calava-se por simples orgulho, o que é mais provável.

Mostrou-nos o filho, que já tem mais de um ano, é doente dos olhos e quase não enxerga nada. Vive numa redinha, calado, chupeta na boca, contando com uma mão os dedinhos da outra. A mãe passa o dia junto dele, costurando. Parece que ela ganha na máquina o sustento da casa. Pelo menos, contou que o tempo estava ruim, o marido perdera a lancha, procurava trabalho e ela tinha que ajudar um pouco... e, enquanto falava, acabava uma costura, rapidamente, como quem sabe o que o tempo custa.

Saímos de lá tristes, cheias de amargura. Glória não falava mais em Afonso nem nos móveis que estava escolhendo. E eu não me esquecia do pequeno cego, tão calado, daquela idade e já sabendo ser resignado, recebendo a desgraça como quem tem culpa e aceita uma penitência.

Chegando em casa abracei-me com Luciano, o irmãozinho mais novo de Maria José, que me esperava à porta. Ele é quieto, macio como um gato, tem uns grandes olhos verdes curiosos e tristes, que transbordam lágrimas à menor comoção, como se, tão verdes, tão límpidos, fossem feitos realmente de água. São olhos que enxergam, olhos vivos. Sentei-me, pus o pequeno ao colo, satisfeita em vê-lo, tirando-me da impressão de escuridão, de sufocada angústia, que me dera o ceguinho. Luciano estranhou meus abraços, a minha contemplação pensativa:

— Virgem, você parece que está doida, tia!

Ele é cismador, gosta de deitar no meu colo, fica ali, calado, pensando, roendo as unhas, o que talvez o ajude na meditação. Chama-me tia e diz que me quer mais bem que à mãe e à irmã. Tem horror de ir ao Colégio, medo da professora, ódio às lições e aos cadernos. Nunca houve folia de jardim da infância que o seduzisse. Tudo para ele é escola, nome tabu, tão terrível e odioso que nunca o pronuncia. Quando quer se referir ao Colégio, e só se refere o menos que pode, diz constrangidamente: "Lá."

De manhã, sempre fico dormindo até tarde, que a repartição só abre às onze. Quase todo dia, numa hora certa, Luciano irrompe no quarto, agarra-se comigo, aos gritos; Dona Júlia o persegue com a saboneteira e a toalha na mão. Aquele banho, a escola depois — o pobre Luciano considera a vida, a família, instituições inimigas e sem piedade.

— Menino porco, sujo, teimoso!

Luciano se agarra no meu ombro, já agora calado, trincando o dente.

— Deixe, Dona Júlia, deixe que eu levo...

— Não vê, Guta, que eu vou paparicar este bode!

E Luciano, de novo em prantos, sai pendurado pela orelha, arrastado, me descompondo, porque o entreguei à mãe.

Agora arranjou um cachorro. É um cão branco e amarelo, de rabo fino e enrolado, cachorro de rua, cachorro de menino, alegre e sem raça. Dois dias Luciano levou choramingando atrás de todo o mundo, procurando um nome para o xerimbabo. O irmão maior propunha: "Leão", "Fiel", "Rex"; e Maria José: "Jaloux", "Kiss", "Flirt"; e Dona Júlia: "Medoro", "Tubarão", "Espadarte"; porém Luciano, difícil, abanava a cabeça. Muito feio. Nome besta. Parece nome de cachorro de livro (ele detesta livros). Eu lembrei: "General"! Luciano sorriu, gostou. General!

E General se apegou comigo, como o dono. Ficam os dois junto de mim, muito tempo, enquanto leio. Luciano encostado no meu colo, pensando nas suas cismas; General deitado no chão, ora encostando o focinho aos meus pés, ora batendo os dentes no ar, atrás da mosca que passa. Depois, como de combinação, os dois se levantam num pulo, numa risada, saem correndo como uns possessos, derrubando as cadeiras, abalando o soalho.

Há dias em que Luciano ignora de todo a lição, fica preso na escola e apanha quando chega em casa. Vem chorar junto de mim. Xinga a mãe, baixinho. Diz que vai morar com o pai. Como se o pai o quisesse, bobo! O pai tem outro filho, um menino que anda com uma roupa de veludo vermelho e colarinho de renda.

Outro dia íamos pela rua, Maria José e eu, quando os encontramos ao pequeno e à mãe. Maria José ficou com as mãos geladas, me agarrou o braço, quase não conseguiu dizer:

— É aquela mulher, Guta...

A mulher passou, se reconheceu Maria José não deu mostras, inclinou-se para a criança, pegou-lhe na mão, entrou numa loja. Depois que eles se sumiram, reparei:

— E o menino é filho de... dele?

— É... é meu irmão.

Qual seria a sensação de Maria José, excluindo a vergonha, naturalmente, ao encontrar aquele irmão?

A mesma que eu sinto diante dos filhos de Madrinha? Mas eu não sinto nada e ela estava ali chorando. E, como os meus irmãos, aquele também era filho de outra mulher. E a mãe dela, ao menos, não estava morta. Morava na sua casa, não estava debaixo do chão. Não havia uma mulher gorda, estranha, ordenada, dormindo na cama dela, botando flores no retrato dela. Maria José, ao menos, via a sua mãezinha a toda hora, beijava-a, ouvia-lhe as queixas, consolava-a. Há pessoas mais felizes. No entanto, era ela, não eu, que chorava. Todo o mundo se acha com mais direito de chorar do que eu.

O ceguinho de Jandira também não chora. O ceguinho de olhos velados, tão só, tão resignado!

Pus Luciano fora do meu colo. Era melhor não olhar muito para ele, agora.

MARIA JOSÉ FOI CHEGANDO do trabalho, atirou a bolsa por cima da cama, veio para junto de mim:

— Sabe, Guta, encontrei hoje Aurinívea, a "Vovó". Vai ser Irmã, naturalmente. Está magríssima, riu quando a chamei de vovó... E me falou nas meninas, contou até uma coisa horrível. Você se lembra da Violeta? Violeta, aquela da segunda classe, se lembra? Pois está perdida...

Bem que eu me lembrava de Violeta. Andava às vezes conosco, embora não fizesse parte de grupo nenhum. Era rebelde, de alma dissociativa e não se juntava a ninguém.

É verdade que o corpo não lhe correspondia às asperezas da alma. Gorda, branca, com grandes olhos macios, um bom sorriso brando, quando sorria.

No fundo era meiga e sensível. Gostava de bichos, de crianças e era quem melhor tratava o seu canteiro, no jardim da classe. Apenas, só plantava nele hortaliças, que não deixava ninguém tirar, e viçavam e murchavam ali, inúteis.

— Dê ao menos aos pobres! — dizia-lhe a Irmã.

Violeta olhava atrevidamente a freira:

— Nunca vi um pobre aqui.

Era de natural indolente, gulosa e risonha; mas guardava escondidas consigo reservas desconhecidas de rebeldia e era capaz de más-criações terríveis; com uma espantosa inconsciência, saindo da sua preguiça e da sua calma, sabia superiormente se vingar quando se julgava ferida, fazia uma Irmã corar, tremer de humilhação e de raiva. E às vezes não era nem por vingança, só por um instinto hostil de luta, "um acesso de maldade espontânea", como ela dizia depois. Sua arma principal era a resistência passiva. Só raramente usava os grandes meios: "quando é preciso me impor...".

Em geral, a história se passava assim:

— Violeta, responda ao segundo quesito!

Violeta olhava a Irmã, com seus olhos grandes e meigos, e não respondia nada.

— Responda, menina! Diga ao menos que não sabe! Mas responda alguma coisa!

Violeta ficava olhando a Irmã sem falar, com o mesmo ar de desafio ingênuo. A questão podia se repetir dez, quinze, mil vezes, e ela continuava impassível, sem mudar a vista. Às vezes a Irmã desistia e trocava de tema e de aluna. Ou então se desesperava, levava o caso à Superiora, diante de quem Violeta continuava exibindo o mesmo sorriso silencioso, o mesmo desdém. Era capaz de resistir assim indefinidamente. Ou cortar de repente o longo silêncio com alguma palavra dura, ferina e imprevista como uma pancada no rosto.

Não sei por que não a expulsavam. Mas ouvi muitas vezes falar em exorcismo, e creio que a exorcizariam se não temessem, diante do padre, alguma peça imprevista do demônio que habitava a menina.

E muita gente no Colégio acreditava nesse demônio. Vivíamos cheias de histórias de possessos, da bem-aventurada Gema Galgani, flor de pureza e piedade, a quem o demônio aparecia diariamente sob as formas de leão, de serpente, de polvo, enlaçando-a, esmagando-a, devorando-a. Dos milagres de Lourdes, onde as moças possuídas de Satã caem no chão, aos gritos, antes de serem aspergidas com gotas da água da fonte. Havia a história da moça que foi para o baile e, como o vestido era decotado, amarrou a Medalha Milagrosa na perna. Lá, apareceu um rapaz lindíssimo, dançou com todas menos com ela, que chorou de inveja. Depois souberam que o rapaz era o demônio. Salvara-a de dançar com ele a Medalha Milagrosa, mesmo amarrada na perna.

E havia mais todos os possessos do Evangelho e das vidas de santos.

A própria Violeta parece que se orgulhava dessa lenda e gostava de exibir o seu demônio.

É verdade que uma vez a vi chorando. Era num recreio da noite e estávamos sozinhas num recanto de varanda. Limpou os olhos quando viu que eu reparava nela e o seu rosto corado e bonito estava mais vermelho, os olhos brilhavam mais. Riu para mim, sem motivo, ou com motivos imaginários. Começou a falar na sua vida, na mãe, com quem não se entendia, nos irmãozinhos, que adorava, na negra velha de casa, sua confidente, sua amiga, sua mentora. Quando falava na mãe, via-se bem claro, entre as duas, o desentendimento cruel, a velha querendo espezinhar a filha pensando educá--la, a menina reagindo com os argumentos da preta, apoiada pela negra velha raciocinando feroz e primitivamente como a negra velha. Em geral só chamava a mãe "ela". Raramente ou nunca, dizia mamãe. E falava interminavelmente, contando as suas mágoas, as suas revoltas, por que era assim rebelada, por que não estudava:

— Não estudo porque não gosto e tenho preguiça. E, mesmo que gostasse, não estudava, para não dar esse gosto a "ela". A Matilde (a negra velha) me diz sempre: "Estuda, menina, estuda! Tu não é branca? Sina de branco é aprender!" Mas eu não quero aprender, quero ser como uma negra. Quando me livrar do Colégio, vou para a cozinha. Naquela casa, só fico se for na cozinha. Imagine a satisfação "dela" se eu fosse para a sala tocar piano, ou bordasse os paninhos da mesa!

"Quer saber, Guta, eu gostava muito de vestido de seda, de chapéus e de joias. Porém 'ela' me tira o gosto de tudo. Um dia perdi um anel, outra vez rasguei um vestido novo. E ela veio reclamar (imitava então a fala da mãe, metálica, odiosa): 'Você perdeu o anel, não é? Pois então me dê a pulseira, que só usa quando tiver juízo.' 'Rasgou o vestido, hein? Pois só ganha outro no fim do ano...' Eu gritei que ela podia guardar tudo, não me comprar mais nada, que eu não fazia conta. Hoje ela me adula para usar um cordão de ouro no pescoço, para vestir um vestidinho de crepe. Não uso, não visto, em casa ando metida nas fardas velhas do Colégio e, quando visto o uniforme de saída, faço jeito de sujar logo, rasgar logo, para não dar a 'ela' o gostinho de me ver bem-vestida como as outras..."

E agora Violeta estava perdida, rapariga. Interroguei Maria José de todas as maneiras, para conseguir detalhes. Ela, porém, não sabia quase nada, pouco perguntara à "Vovó", horrorizada com a frase dela: "Perdeu-se..."

Fiquei pensando nos olhos bonitos de Violeta, na sua alma terna e arisca. Agora estava perdida, com a porta aberta para todos os homens. E eu tentava imaginar o horror daquela vida: chega um homem gordo, bigodudo, hálito de cerveja, tem o direito de entrar, de deitar com ela na cama, de exigir o que quiser. E parecia-me ver o homem, a camisa suada fedendo, os beiços babosos, a carne mole. Ou então outro qualquer, magro, ossudo, velho, com cruzes de esparadrapo no pescoço, ou cheirando a cigarro apagado. E outros, meu Deus, e qualquer um. Todos os homens que eu encontrava na rua, que via junto de mim, no bonde, revistava-os agora com novos olhos, via-os sob uma forma em que nunca os imaginara, punha-os dentro do quarto de uma mulher e me arrepiava de horror.

Recordava os braços de Violeta, brancos e gordos, o seu busto que ela apertava tanto, cobria tanto, mais pudica do que as outras. E agora...

De repente, lembrei-me de mim. Não estava também em caminho da perdição, namorando com um homem casado? Mas não me pude fixar nessa ideia. Raul representava para mim, então, o amor, e como tal era puro, intangível, acima de tudo e de todos, acima do bem e do mal. E se frequentemente eu tinha remorsos, se às vezes um bom senso sufocado me fazia ver o que havia de vergonhoso e desmoralizante naquele namoro: ele, um homem casado, eu, quase uma menina (se papai soubesse, se as Irmãs do Colégio adivinhassem! O gostinho delas todas: "não tem religião, não tem fé, tinha que tomar um mau caminho!"), afastava logo esses pensamentos, esquecia-os, absorvida no meu enlevo.

"Um homem casado." Em verdade, talvez, o lado romanesco, irregular e ilegal da aventura, era o que mais me seduzia. Pensar que eu era capaz de um grande amor assim, que não enxergava riscos nem preconceitos. Ele, um artista, "um incompreendido", casado com uma mulher estúpida, vinha procurar apoio e conforto no meu coração. Com que direito eu lhe negaria isso? Por que ter vergonha? Antes me exaltava e envaidecia.

Eu ignorava tudo, a terrível força da intimidade e do leito comum. E imaginava que só convenções o prendiam à esposa. Raul só aludia à mulher como a um ente distante, diferente, quase uma inimiga.

E eu cuidava que nada mais ela representaria para ele, pensava talvez, muito secretamente, que bastaria um desejo expresso por mim para ele a imolar a meus pés. Por isso mesmo, tinha prazer em poupá-la. Desejava apenas provocar um dia uma explicação entre nós ambas — uma explicação onde eu me defenderia das suas acusações (que eram, naturalmente, as acusações que eu própria me fazia), onde eu lhe explicaria o que era o nosso amor, e os direitos que esse amor me conferia, e, principalmente, o direito que tinha Raul de encaminhar livremente o seu coração...

E o meu amor vivia inteiramente dessas imaginações e desses sonhos absurdos. Era aquela a minha maneira de amar e decerto não era rigorosamente Raul que eu amava — quase velho, sem beleza, sem outras seduções para mim senão as lindas frases, os pincéis, o halo de arte que o vestia e o transfigurava aos meus olhos. Fosse ele um homem qualquer, solteiro, um pretendente, e eu não o enxergaria.

No momento, porém, eu não cuidava em especular essas coisas. Cuidava só em o amar, em o amar ao meu modo, cada vez mais exaltadamente, imaginar loucas fugas, loucas aventuras.

*

O retrato progredia.

ESTÁVAMOS NA QUINTA ou sexta sessão de pose, e eu tinha ido só para o ateliê. Raul me esperava, pusera a cadeira no lugar e já andava riscando pelo quadro, "compondo os detalhes", como dizia. Recebeu-me sem soltar a paleta, fez-me tirar o chapéu, pôs-se logo a trabalhar, dando pinceladas enormes e cor de ocre sobre o que devia ser o meu rosto, onde já se destacavam uns olhos imensos, retintos e mórbidos.

Via-se que ele gostava de pintar, parecia mesmo que era uma das suas maneiras de se apropriar das mulheres: pintá--las. Ou talvez recriasse na tela outra mulher nova, que era ao mesmo tempo composta e viva, obra sua e objeto estranho e desejável, cuja posse lhe antecipava as carícias e os prazeres da real.

Depois de uns quietos dez minutos, ele parou de pintar, pôs-se a mergulhar os pincéis no copo de aguarrás e sorriu:

— Agora vamos sentar ali e conversar um pouco. Confesso que estou fatigado.

Deixei que ele sentasse ao meu lado, que me pegasse as mãos, que me dissesse essas coisas doces de amor com que a gente sonha a vida inteira, mesmo depois de velha e desiludida. Mas ele, via-se que falava sem interesse, que as palavras não lhe eram fáceis, que tinha uma espécie de pressa ou cuidado secreto e pensava em coisas diversas das que dizia.

Afinal calou-se de todo, baixou os olhos para as minhas mãos, começou a fazer girar o anel de mamãe que eu usava na mão esquerda, uma pequena pérola num aro de ouro.

— Guta, eu gosto das suas mãos. São finas, compridas, quentes... gosto dos seus braços...

E ia correndo os lábios pelos meus dedos, pelo pulso, levantando a manga para beijar mais acima, até o ombro. Já agora encostava o rosto no meu, e eu sentia bem próximo o perfume que vinha do seu espesso cabelo grisalho, via-lhe as rugas em torno das pálpebras, a boca dolorosa de lábios pesados e o brilho dos olhos, aceso, suplicante, inconfundível.

Quando me beijou — era a primeira vez que alguém me tocava os lábios — senti um choque, senti quase repulsa. Era úmido, morno, esquisito e sem sabor — mas consenti. O coração me batia forte, apavorado, mas cúmplice. Não durou muito, entretanto. Ele mesmo recuou, assustado não sei com quê. Ficou uns tempos me olhando, afastado, como na pose. Voltou depois aos braços, tornou a beijá-los, queria-os pintar, agora, mostrando-os assim como via à luz da réstia de sol que passava entre a vidraça — redondos, macios, dourados.

E eu respirava, sentia-me mais tranquila, deixava-o mordiscar-me os dedos, encher-me de beijos as palmas das mãos.

Alguém bateu à porta. Ele saltou do divã, tão bruscamente que me fez medo. Mandou-me ir para a cadeira de pose, pegou no pincel, esperou que batessem outra vez.

Era um amigo dele, o poeta Ramos, que vinha em procura de um bocadinho de arte.

Viu-nos em pose, escondeu um pequeno sorriso perverso, mas eu bem que lhe percebi as rugas maliciosas nos olhos. Porém já estava reposta, e consegui falar gentilmente com o homem, procurando encobrir o mutismo e o mau humor de Raul, que mal levantara os olhos para o poeta. Ele se atirou no divã, espichou as pernas compridas, mexeu nos bolsos vazios atrás de um cigarro. Não me conhecia, via-se bem que estava interessado em saber quem eu era, farejando o romance, naturalmente. Esperou um pouco, afinal não se conteve, exclamou para Raul:

— Ó grande homem, você está tão embebido na arte que esquece as convenções elementares! Por que não me apresenta à senhorita?

Eu estava tão cândida na minha blusa branca, os cabelos escorridos, o lápis e o bloco na mão, que não receei o mal que ele poderia pensar de mim. Sorri de boa vontade para Raul, que me olhou de viés, rapidamente, como se me consultasse:

— O poeta Belarmino Ramos, você naturalmente já conhece, Guta... Quanto a você, está vendo a Senhorita Maria Augusta, dando-se ao trabalho de me permitir que lhe faça o retrato...

Eu já ouvira falar no poeta, tinha-o reconhecido logo à entrada; disse-o. E ele ficou lisonjeado, fez-me uns galanteios

— vira logo que se tratava de uma moça linda e inteligente; só o fato de sacrificar horas seguidas à arte, servindo de modelo a um pintor rabugento...

Raul acabou encostando a simulada pintura, deixou-a entregue aos comentários eruditos do poeta, que sugeria modificações. Foi a um armário, voltou com uma garrafa, uns cálices. Deu-me dois dedos de *kümmel*. Era doce, mas ardia como fogo. Eu tossia, o poeta se deliciava, Raul nos olhava com sombria superioridade, bebericando com os seus eternos ares de primeiro galã em cena; nisso empurraram a porta, lá embaixo, ouviram-se passos na escada, e a mulher dele entrou.

Se eu a tivesse desenhado de acordo com a ideia que fazia da mulher, a "legítima", de Raul, talvez não me saísse melhor. Era a esposa clássica, a patroa, a dona da casa e do homem, tal como a imaginam as anedotas e as mulheres que julgam todos os homens incompreendidos e gostam de seduzir os maridos alheios.

Era quase bonita, mas pesada, cintura grossa, mãos vulgares. Vestia bem, mas qualquer coisa dum indeciso mau gosto lhe flutuava em torno, talvez essa falta de segurança de escolha, característica das mulheres que saem pouco; de nada lhe tinham servido as viagens e a vida aventurosa junto ao marido. Olhou-me duramente, e me pareceu que com uma desconfiança instintiva. Felizmente eu estava perto do poeta, sentada modestamente à beira do divã, com o meu cálice na mão. Raul não nos apresentou, nem pensou nisso. Disse apenas, para ela:

— Você, por aqui?

E eu conheci que era a mulher dele por esse modo inconfundível com que ele falou, feito de intimidade e tédio. O mesmo jeito com que lhe pôs a mão no braço, minutos depois. Não era carícia, eu senti isso, era como se pusesse a mão no cavalete, no rebordo do divã, em qualquer móvel familiar.

Embora compreendendo tudo, senti ciúmes. A ele, naturalmente, nem ocorreu que eu pudesse sentir qualquer coisa. Mas a mulher estava tão dona, tão segura de si e dos seus direitos, olhando-me calada, sob o seu gorro de palha amarela, como esperando que eu lhe pedisse desculpas e fosse embora. Raul chamou-a para ver o quadro. Via-se agora que ele nos tentava pôr à vontade, que a queria fazer simpatizar comigo.

Ela entretanto não se prestou a isso, olhou o retrato sem interesse, disse laconicamente que não achava muito parecido. Depois o chamou, levou-o à janela, estiveram falando baixinho coisas de dinheiro, porque ele puxou a carteira e tirou uma cédula. E eu me sentia mal, cada vez mais intrusa ali, com um vago medo da dura antipatia da outra, odiando-a, sonhando pequenas cenas impossíveis, como por exemplo Raul me dar o braço e sairmos juntos, deixando-a ali sozinha; ou ele voltar a me pegar na mão, como momentos antes, e me beijar os dedos à vista dela.

Reparei em Raul. Onde estava a cara de antes, o beiço trêmulo, o olhar turvado e de súplica, as mãos incertas e febris? Era agora outro homem, seguro de si, mudado de todo. Voltou a falar comigo, indiferente, fazendo espírito, provocou o poeta, que se animou logo, e meteu-se estrepitosamente numa discussão tediosa sobre surrealismo.

A dama, sentada e morna, fiscalizava. Eu agora lhe invejava a pele lisa e clara. Nunca tive grandes ambições, senão nos momentos de generosidade e sonho; mas sou cheia de pequenas vaidades — e os alguns encantos que aquela mulher me mostrava aos poucos — encantos que eu não tinha — me humilhavam intensamente. Pensava nas comparações que Raul naturalmente faria entre nós ambas, e continuava a detalhá-la com mágoa e inveja.

Descobri-lhe os pés grandes, desajeitados nos saltos enormes, olhei contente para os meus, metidos nuns pequenos sapatos ingênuos de colegial.

Deixava-me ficar calada, não me preocupava em conversar, sentia que isso não era necessário ao meu papel; era bem melhor que eu continuasse retirada, discreta, adstrita à simples função de modelo. E estava entregue de todo às minhas comparações, quando o poeta, passado o clímax da discussão, dirigiu-se a mim:

— Vamos indo, Dona Guta?

A voz dele era cúmplice, o convite também o era. Aproveitava-se do momento de confusão, introduzia-se no nosso duo, adquiria direitos. Raul, pela primeira vez naquela tarde, o olhou com simpatia, e eu tive ódio aos dois, ódio a ela, ódio a mim. Mas vi as horas no relógio de pulso, concordei, disse a Raul que talvez não posasse no dia seguinte. Maria José não viera encontrar-se comigo, como prometera, podia amanhã fazer a mesma coisa. Ele se curvou, polidamente. Não sei se a dona entendeu a desculpa. Belarmino, porém, interveio outra vez:

— Por que não conta comigo? Sempre assisto às sessões de pose, posso também acompanhá-la!

(Como se atrevia ele a mentir em meu nome, em nosso nome? E eu aceitava, tinha que aceitar!)

Cumprimentei, deixei o casal no alto do patamar, admitia a cumplicidade do poeta, consenti que ele me segurasse o braço ao descer a escada.

E só consegui me livrar dele muito mais tarde, depois de termos ido à praça, depois de tomarmos juntos um infame sorvete areento e ácido.

Afinal apanhei o bonde do cemitério, onde já viajava toda uma família de luto, carregada de enormes buquês de flores baratas, papoulas, cravos-de-defunto, zínias, tudo vermelho, amarelo e roxo.

FALEI EM GENTE QUE ia ao cemitério. Eu também gostava de ir lá, às tardes, buscar Maria José que vinha da novena na capela das Almas. Aluísio às vezes me acompanhava e parecia sentir um encanto particular naqueles nossos passeios por entre cruzes e chorões, conversando gravemente sobre coisas transcendentais, sobre a alma e a vida, o céu e a terra, Deus e o nada.

Ele era tímido, mas às vezes inesperadamente se abria em longas confidências: o pai, juiz no sertão, a mãe, sempre doente — tísica, cheia de filhos, rezando e esperando a morte; o tio militar em casa de quem vivia, ruidoso, patriota, despótico. Os seus anos de liceu, banais e dispersos, os amigos de escola, as poucas afeições. Não tinha namorada. Não falava em meninas, vivia esperando alguma coisa, acreditava talvez num grande amor que aparecesse na sua vida como um chamado irresistível que fosse como uma redenção.

— Redenção de quê, Aluísio?

— Da banalidade, da mediocridade, de todas as coisas mesquinhas que humilham a gente...

Gostava de beber — chegava mesmo a confessá-lo — e eu sabia que se dava a mulheres; isto é, que frequentava habitualmente essas pensões de segunda ordem onde parece que se formam às vezes agrupamentos quase familiares de prostitutas e rapazes. Ele próprio, naqueles momentos de confidência, me contava as coisas que ouvia delas, a eterna história patética da mulher que tinha uma filha no Colégio de freiras e que no fim do mês disputava o freguês às outras, importunava os conhecidos para reunir o dinheiro da mensalidade, os extraordinários do uniforme novo, dos livros de francês e de química. Ou a outra, coitadinha, que estava morrendo na Santa Casa, por ter tomado permanganato, com ciúmes dum chofer; ou a pequena, de dezesseis anos, que levou uma navalhada dum secreta.

Ele conhecera Violeta, a nossa colega que se perdera. Coitada, degradara-se muito, engordara demais, deixava-se explorar pelas donas de pensão, sem saber nunca o que ganhava nem o que iria comer no dia seguinte. Não sei como, chegaram um dia os dois a falar em mim, e Violeta lhe perguntou se poderia me ver, se eu teria coragem de olhar para ela, como antes. Naturalmente aceitei alvoroçada, cheia de compaixão e talvez de curiosidade, a proposta de a encontrar um dia, e falar-lhe. Pus-me a sonhar a possibilidade de dar a mão àquela vida perdida, arranjar-lhe trabalho, ampará-la com a minha amizade, redimi-la. Falei com Maria José, ambas fizemos projetos, preparamos o encontro e as frases, que Maria José queria caridosas e moralizantes, e eu fraternais e ligeiras, para a não suscetibilizar.

E no passeio que fazíamos dessa vez, justamente, Aluísio me dizia que perdera subitamente Violeta de vista, e soubera agora que a tinham embarcado para Pernambuco.

Foi-me uma decepção, e funda. Eu já tinha como tão certa aquela redenção, aquela vida pescada ao seu lago morno e lodoso e sem fundo!

Ficamos andando entre os túmulos, pensativos. Aluísio parou diante de uma sepultura, que sempre gostávamos de olhar, toda em pedra preta. À cabeceira havia uma jardineira de bronze, onde já há muitos anos ninguém depunha uma flor.

Aluísio leu de novo a inscrição:

"REPOUSA AQUI
DONA AMÉLIA SAMPAIO RIBEIRO
FALECIDA AOS DEZENOVE ANOS
SAUDADES DE SEU ESPOSO E FILHO."

— Dezenove anos, você viu, Guta? — e já enterrada, deixando atrás de si um viúvo, um filho, uma vida toda... Parece que a gente dos outros tempos vivia mais rápido, gastando-se mais depressa.

Não, não! Que importância tinham o filho, o viúvo, a vida vivida, diante daqueles dezenove anos?

— Dezenove anos têm sempre a mesma forma de mocidade, neste tempo ou naquele, casada ou solteira! Quando eu vejo retratos da gente do outro tempo, penso sempre é nos corpos que andavam debaixo das anquinhas e das casacas, jovens como os nossos. Olhe a minha mão: deixava de ser a minha mão, em qualquer tempo? Assim o coração também... Essa pode ter deixado um filho, um marido, mas o que há aqui é uma menina enterrada...

*

Passou um enterro de pobre, e nos interrompeu. Ia para a vala, lá no fundo do cemitério, onde só há carrapichos por entre as cruzinhas humildes, pintadas a alcatrão, com letrinhas brancas, tortas, desbotadas, os *nn* e os *zz* às avessas.

Mas, não sei por quê, sempre tive menos pena dos mortos que vão para lá. Vêm no caixão da caridade, que tem de voltar à Santa Casa, são postos diretamente em contato com o barro do chão, dissolvidos, virados logo em seiva, em húmus, integrados à terra. Aos outros, engavetam nos carneiros sórdidos e os deixam ali, no abandono absoluto, feito coisa humana ainda, destroços, lixo da vida.

O enterro não tinha padre, nem flores, nem ninguém chorando.

Maria José cruzou com eles à saída da capela. Benzeu-se, rezou qualquer coisa pelo descanso daquela alma.

Depois veio sorrindo para nós, estendeu uma mão a cada um e saímos os três de mãos dadas, suavemente tristes, o céu da noite que chegava pesando sobre nós, tão moços, tão sozinhos nós três, e a vida e a morte nos rodeando, cada qual mais misteriosa, insondável e assustadora.

GLÓRIA CASOU NUMA TARDE de sábado, e, vestidas de seda rósea com grandes saias, na mão um buquê de pequenas flores de cetim, Maria José e eu resplandecíamos entre as damas de honra.

Afonso, fardado de noivo, de fraque e polainas, enforcado no colarinho duro, suava o peitilho da camisa, envesgava os pés nos sapatos de verniz, chegava-se à gente, lamentando-se baixinho, gemendo que nunca sofrera tanto, desde o dia da formatura.

Glória deslumbrava, era um monte de cetim e filó, suntuoso e espelhante, e nós todas concordávamos em que estava linda.

Quando a beijei, depois de tudo, murmurei risonha:

— Agora acabou sua carreira de órfã...

Realmente, acabara de modo tão completo que ela nem ouviu o que eu disse e, toda entregue aos ritos do sacrifício, voltou-se para o marido:

— Já está na hora de irmos para o sofá, na outra sala?

Na outra sala, a tia do noivo, que a noiva não tinha família, servia bolinhos e distribuía taças de champanha, morno e doce.

Eu não quis comer nada, mal provei o vinho, não podia tirar os olhos de Glória. A serenidade, a coragem com que ela se aventurava! Parecia que nascera casando, o lado moral da coisa não aparentava atingi-la; só se preocupava com os detalhes de pura forma; em segurar a longa cauda macia, em olhar o relógio de pulso (de platina e brilhantes, presente de noivado de Afonso), para ver se chegava a hora de mudar o vestido e tomar o automóvel, rumo à lua de mel, na serra. Ele também, de vez em quando, tirava o relógio do bolso. Punha na noiva uns olhos compridos, via-se bem que tinha uma vontade doida nela, que estava louco para ir embora. Talvez sonhasse também com a hora de tirar os sapatos.

Foi o casamento mais alegre que já vi. No de Jandira a noiva não estava tão linda, muita gente chorava, havia a nota grave, quase trágica, da mãe inconfessada aparecendo pela primeira vez. Depois a tia velha que gritava e se abraçava com a noiva, e o noivo confuso e calado, a um canto.

Ali, não. Todos ríamos, todos comiam os bolinhos e diziam pilhérias, as moças avançavam nas flores da coroa de Glória, nos cravos brancos que Afonso tomara da mulher e ia distribuindo entre risadas.

Para Glória, era como se nascesse naquele dia, e nascesse sem dor, vestida de seda branca, amando, sendo amada, e à espera de incomparáveis delícias.

Afinal o automóvel chegou, todo enfeitado por dentro de flores de laranjeira, cheiroso, quente e íntimo como uma alcova.

Afonso olhou para Glória, que já estava de casaquinho de viagem, e correu a apanhar uma pequena valise, objeto complicado, cheia de escovas, frascos, e pequenos bolsos secretos, que era a peça mais importante do enxoval.

Afonso despediu-se ligeiramente de todos, sorridente, com cara de vitória. Glória abraçou-se longamente a nós duas, que éramos ali a sua única família.

Maria José, que enxugava os olhos, perguntou-lhe ao ouvido se não tinha medo. Glória sorriu, um sorriso de quem já sabe tudo e tem pena da ingenuidade dos outros.

A portinha aberta do carro chamava os noivos. Eles entraram afoitamente. Afonso deu um rápido adeus com a mão, o chofer buzinou em despedida, alguém disse uma pilhéria pesada, e o carro já estava longe.

Quando, depois de tudo, íamos de automóvel para casa, Maria José, presa à sua ideia, insistiu pensativamente, compondo sobre os joelhos os folhos amplos da saia:

— Não sei como Glória não tem medo...

Eu ri. Pensava que todo o mundo era como ela, que nunca deixou um namorado lhe pegar na mão, que nem encarava a perspectiva de casar um dia, com medo de ficar a sós com um homem?

— Pode dizer o que quiser, Guta, mas garanto que se fosse você não estava com aquela calma... Parece até que ela nunca fez outra coisa...

Eu não me lembrei de que cogitara nisto mesmo, e pensava agora que Glória só se mostrava assim sossegada porque não tem a nossa inquieta imaginação. Contenta-se com o papel que lhe cai por sorte, e trata apenas de se sair bem. Até então fora a órfã, sozinha no meio do mundo, com o seu violino apenas para companheiro. Hoje porém era a esposa, rainha e amante, toda submissão e amor. Para que mexer no passado? A órfã não cabia mais nos quimonos de seda florada, não poderia calçar aquelas chinelinhas de arminho que nos tinham seduzido tanto...

— Por que motivo Glória haveria de ter medo? Não gosta dele? Não o escolheu? Não vivia se beijando com ele pelos cantos?

Maria José aborreceu-se, sentindo-se mal compreendida, ou antes a irritou a minha má-fé:

— Não é isso que eu quero dizer. Agora tudo é diferente. Antes, todo o mundo tomava conta deles, não havia perigo de nada. Hoje... Se fosse eu, estava me acabando de medo e vergonha. E você também!

Encolhi os ombros, sorri:

— Eu, medo? Se eu tivesse escolhido e quisesse, como é que haveria de ter medo?

MAS A VERDADE REALMENTE, é que eu tinha medo. Provocara tudo aquilo e estava agora de coração apavorado, de repente enojada e querendo fugir.

O automóvel corria, a chuva parece que corria na nossa frente, o chofer não tirava a vista do leque de claridade que o limpador do vidro desenhava no para-brisa e eu me encolhia de medo, e pensava naquele outro automóvel, no dia do casamento de Glória, e nas palavras de Maria José.

Raul me apertava nos braços, falando baixinho, pedindo coisas. Eu ia retirando as mãos, torcendo o rosto aos beijos, afundando-me na almofada, fugindo para o canto mais longe do assento.

Ele me decepcionava horrivelmente. Só queria aquilo, aquelas intimidades violentas, sempre de mãos estendidas, sempre ávido.

Onde as maravilhosas coisas que o seu olhar prometia tanto? Onde estava o homem longínquo do primeiro dia em que o vi, sentado melancolicamente à sua cadeira de teatro, fumando e com tédio da vida? Onde as inebriantes palavras que eu esperava, os contos do mundo dos sonhos, a divina embriaguez, abolindo a consciência de tudo, o amor diferente, as carícias sem forma nem peso?

Só aquelas mãos, aquela boca, o pequeno corpo nervoso, crepitante, cheio de febre e voracidade.

Que loucura a minha, ter vindo! Como me prestara a esse passeio, o que esperava?

A sugestão do dia de chuva, em que tudo fica enevoado e clandestino, através da bruma, o convite dele, esses meus impulsos descontrolados...

O barro da estrada se desmanchava pelas coxias, que estavam como torrentes, o carro derrapava, o chofer dava bruscas pedaladas no freio, saltando buracos.

Imagine-se agora se o automóvel virasse, se capotasse ali, barreira abaixo, e nós dois feridos, talvez um morto...

E o escândalo, e a gente depois no hospital, e a mulher dele, e o que minha madrasta diria, quando soubesse...

Raul agora me beijava os olhos, o cabelo, e de novo os lábios. Suas mãos avançavam sempre, cada vez ele se ia tornando mais ansioso, mais ousado. Eu o repelia, sentia ao contato das suas mãos minha pele se tornar áspera, como se até a epiderme se alarmasse.

A verdade é que o furor do desejo dele excedia enormemente a medida do meu querer — e eu não sentia nenhuma necessidade daquilo, mal compreendia a razão do seu rosto duro, daquela urgência que o fazia tremer.

Procurava angustiadamente afastá-lo, trazê-lo aos beijos simples, às palavras, às doces palavras.

— Você está me assustando, Raul. Olhe o chofer. Está louco, Raul?

E ele dizia baixinho, num sopro de fala:

— Por que você não quer? Por que tem medo?

Largou-me um instante, bateu nas costas do chofer, deu ordem para voltar. O homem andou mais um pouco, meteu-se afinal num desvio, manobrou perigosamente na lama, e o carro veio desandando o caminho de antes, entre os carnaubais e as lagoas cheias de lírios-d'água.

E Raul voltou e me segurar, murmurando risonho, como tendo descoberto uma solução:

— Vamos para o ateliê, agora. Ninguém vê e você sai logo.

Endureci nas mãos dele, fugi para o mais longe que pude:

— Não, nem pense nisso! Já foi uma doidice minha ter vindo aqui! Você quer agora...

Ele entretanto insistia, voltava às carícias violentas, insinuava as mãos pelas aberturas das minhas mangas, pelo decote. E eu, agora mais que nunca, sentia bem, sabia bem que não queria.

— Não vou. Você está louco! E me solte, senão eu desço aqui mesmo, no meio da chuva.

Parece que ele afinal compreendeu, soltou-me, furioso, surpreso, humilhado:

— Afinal, que é que você queria? Em que estava pensando? Pensava que eu era um boneco, um fantoche de pincel na mão lhe dizendo galanteios?

(Era isso, meu Deus do céu, era mais ou menos isso o que eu pensava, o que talvez esperasse!)

— Você não é mais uma criança. Quer ser emancipada, diz-se livre, e por que tem medo?

(E as palavras dele continuavam brutais, atrevidas e desejosas como os beijos de antes, vinham do mesmo impulso.)

— ... você queria a literatura, o fraseado sentimental... Guarda naturalmente as ousadias para os rapazinhos, para aquele estudante idiota, cheio de teorias... Eu, eu sou só o "pintor", naturalmente...

E eu tentava explicar, falava no meu modo de amar, na maneira que eu supunha me amasse ele, ia sem querer me perdendo na repetição desse verbo defeso, sem saber mais situar meus sentimentos na confusão daquele ajuste de contas, naquela hora em que ele exigia que eu pagasse com o corpo os meus devaneios imprudentes.

— Amor, você vem falar em amor?

E me agarrou os ombros, me puxou para si, disse brutalmente:

— Então você não compreendeu logo que tinha de acabar sendo minha amante?

Talvez isso fosse lógico para ele e para todo o mundo. Mas não o era para mim. E eu não queria ser amante dele. Via bem que não queria, tinha medo, não sabia ainda ter desejos, aqueles desejos. E a frase teatral de Raul me dava uma impressão de ridículo, de coisa falsa, lembrava-me Cármen e Don José e o vulto escuro dele na penumbra do teatro.

A estrada no meio dos carnaubais tinha acabado, a chuva era agora apenas neblina, e o carro entrava já por uma rua, aproximava-se do fim da linha de bondes.

Raul se afastou de mim e compôs a atitude.

Segurei a bolsa, a boina, um caderno de inglês espalhado pelo banco, amarrotado. Arranjei a gola da blusa, alisei o cabelo maltratado e pedi:

— Mande parar no fim da linha. Quero tomar o bonde. É melhor que ninguém nos veja juntos.

Raul obedeceu sem uma palavra, desceu do automóvel fazendo-me uma cortesia. O chofer, discreto, nem se voltou, como se fosse um outro motor do carro, sem vista nem consciência.

O bonde estava parado no fim da linha, e eu subi, tonta e heroica como se saísse duma briga. O automóvel dele já se sumia lá por longe, e eu ainda sentia nos braços e no colo o áspero calor das suas mãos.

O bonde começou a correr, de cortinas mal fechadas, e a neblina que entrava com as lufadas de vento aos poucos me refrescava, me apaziguava.

CHEGUEI EM CASA, e só então me doeu o que eu fizera, doeu--me o ressentimento em que o deixara e o que mais me fazia mal era, principalmente, aquele desfecho inesperado.

Via tudo perdido e sentia saudades: o Sena, as histórias encantadoras, as palavras de amor, o doce orgulho de me sentir querida, de ver os olhos dele me procurando no meio de todos, me procurando ansiosamente como a uma luz.

Que sabia eu do que era um homem, do que era realmente o amor? Culpava-me agora, pensava nas acusações de Raul, começava a me ver com os olhos com que ele me via, inconsequente, incoerente, menina louca que queria brincar de amor com um homem, com um homem que sabia muito bem o que isso era.

Veio-me um desejo de remediar, de refazer tudo.

Escrevi-lhe uma longa carta, onde procurava lhe expor a minha concepção do amor, a única que poderia caber entre nós. Ele casado, eu uma moça... Decerto que o amava, como poderia ele duvidar disso? Chegaria àquele ponto em que estávamos, se não o amasse?

Ah, como escrever era fácil, como apaixonava e embriagava, dizer essas coisas de amor, longe das mãos dele, do hálito quente e faminto...

Enchi quatro páginas. Escrevi febrilmente, lutando para recompor o meu romance, agarrando-me desesperadamente aos seus destroços, morta de saudade das emoções perdidas, daquele doce alvoroço dos primeiros dias, da alta cadeira de pose, do meu pintor, do ateliê sombrio e sugestivo.

*

Ele nunca me respondeu.

Alguns dias depois mandou o quadro, numa grande moldura vermelha. Parece que a sua decepção e amargura se tinham passado todas para o retrato, para o triste sorriso de lábios descaídos que ele acentuara, para os meus olhos parados e perdidos, sem uma luz.

O portador que o trouxe não disse nada, não entregou um cartão sequer, nem deu um recado ao menos.

FOI DURO, PARA MIM, habituar-me à ideia de perder Raul. A gente nunca aceita o fato quando ele sucede e como sucede; não sei se alguém já pensou nisso antes, mas sempre me pareceu que um fato, para ter verdadeiramente realidade, precisa acontecer subjetivamente dentro de nós, depois de ter acontecido objetivamente, no mundo real.

*

Tive a ideia de ir ao ateliê, agradecer o retrato. Fui sem companhia, e esperava talvez encontrar Raul sozinho. E no entanto eu tinha a certeza de que o repeliria se ele recomeçasse as ousadias da outra vez. Provavelmente o que eu queria era dar mais uma oportunidade aos meus desejos, ser novamente arrastada em tentação, ver os seus olhos vorazes e súplices, sentir o toque das suas mãos, receber a homenagem assustadora do seu desejo, recomeçar a luta apaixonante das investidas e recusas.

Mas havia gente no ateliê, três moças e um rapaz — os tais alunos de desenho.

Uma moça alta e gorda, braços enormes, olhos fundos e pintados de preto, risca fina de sobrancelhas se admirando bem alto na testa, contemplava Raul, sorridente e extática, enquanto ele, de blusão branco, paleta à mão, esgrimindo o longo pincel, fazia manchas esquemáticas na tela, explicando as combinações fundamentais das cores. Ao lado da gorda, mais duas moças, uma loura de ar fatigado, outra morena, miúda, feinha. Raul, porém, não as olhava, como não olhava o rapaz aplicado que traçava círculos concêntricos no papel, onde ia inscrevendo: verde, azul, alaranjado, vermelho.

O seu instinto seguro levava-o à outra, cultivando a admiração terna e exaltada que lia nos olhos bistrados dela; para isso, utilizava o melhor das suas graças, as mesmas com que me seduzira, intercalando as explicações da aula com anedotas românticas da sua vida de *rapin* em Paris, falando em traços curtos, nítidos, cheios de espírito e de encanto simples.

Fiquei algum tempo parada, encostada aos balaústres da escada, ouvindo-o falar. Raul, de costas, não me via, e se me ouviu os passos não cuidou em quem fosse, imaginou talvez uma aluna atrasada.

E eu o ouvia repetir as mesmas histórias com que me enlevara, como quem vê a reprise dum filme, esperando, prevendo cada gesto, cada expressão, cada sorriso.

Sabia quando ele iria sublinhar a frase com um descair de lábios cansado e doloroso, contando os dias de fome, na Europa. Quando manejaria o pincel em largos traços no ar, para dizer que Uni, a estudante sueca que o amara, tinha a mania de pintar assim, pequenos quadros com largas manchas de cenário.

A grande moça de braços enormes ouvia-o em êxtase, estava também em Paris, pintava com ele, amava com ele, vivia naquele instante a mesma vida boêmia e inquieta. E eu, espectadora agora, que a comparsa embevecida era a outra, ia vendo, de um em um, todos os truques de onde nascera o meu enlevo. Doía-me um pouco tudo aquilo, eu tinha ciúmes da outra, um ciúme violento e humilhado, mas estava lúcida, terrivelmente fria e lúcida.

Esperei uma pausa, ergui a voz, cumprimentei-o. Raul voltou-se de brusco e tive a impressão de que o desagradou sentir-se assim espiado em plena mágica — e logo por mim.

Mas escondeu depressa essa impressão, fez-me sentar, apresentou-me às moças, ouviu os meus agradecimentos, protestou modestamente aos meus comentários calorosos. A grande moça sorria, dele para mim, constantemente, ainda em plena beatitude. Perguntei-lhe se Raul não lhe iria fazer um retrato.

— Sim, sim, um quadro moderno, em cores neutras, em tons de pastel...

Raul, vexado, desviou o assunto. Eu sorri ostensivamente.

Recusei o licor que ele me oferecia, levantei-me, pretextando não querer interromper a aula por mais tempo, e despedi-me.

Ele me acompanhou até a porta, descendo a escada ao meu lado. Quando fui saindo, segurou-me a mão, murmurou furioso:

— Quem vê o seu arzinho displicente, seus sorrisos de censura, pensa que eu é que estou em falta com você, que a mim é que cabe a culpa...

Eu puxei a mão.

— Não... Gostei apenas de ver, dos bastidores, como é que você trabalha. Que ilusionista maravilhoso você é! A pobrezinha já está tonta, mais tonta do que eu nunca estive...

E já na calçada, ao me afastar, acrescentei:

— O que eu lamento é você não ter escolhido uma sucessora mais bonita... Seria menos desagradável agora...

Ele teria respondido, mas eu já ia longe. Mordeu os lábios, ficou um momento à porta, olhando-me caminhar.

Andei rapidamente, até que o senti fora da vista. Na esquina parei, fiquei um instante tomando ar, olhando as dálias e as açucenas da Praça da Sé. Limpei os olhos com cuidado, recompus o ruge das faces, porque chorara, naturalmente.

COMECEI A ANDAR deprimida e neurastênica. Trabalhava impaciente, sentia-me só e sem amparo. Às noites, tornava a sentir a velha vontade de me matar. Uma vontade quase lírica, sem possibilidades de realização, decerto, mas que voltava a me tomar longas horas nas insônias; via o veneno no frasco, imaginava o golpe seco do punhal, depois a felicidade de ir me extinguindo, de sentir a vida ir fugindo devagarinho, como o sangue a pingar do pulso navalhado.

Para mim, pobre pequena, que na idade dos sonhos e das esperanças não sentia mais esperanças nem sonhos e me via num desespero gratuito, inteiramente só no mundo imenso, sem solução e sem destino, a morte parecia o porto, a tranquilidade, o limite. O que é difícil, entretanto, é me explicar direito, porque o tema já traz em si uma carga centenária de banalidade, é uma espécie de lugar-comum da tristeza humana, literária ou vivida.

Na morte voluntária, o que sempre me apavorou, naquele tempo como hoje, é essa tragicômica publicidade que a reveste. E a mim que sempre tive tão profunda aquela necessidade da morte, sempre me inspirou horror a ideia de dar também espetáculo para a plateia que fica, do odioso sensacionalismo do gesto, que é como um impudor póstumo.

E, porque não me esquecia disso, cuidava então nas mortes discretas, de origem insuspeitada, "o crime perfeito" das histórias policiais: o veneno que não deixa traço, o passeante descuidado que o trem apanha, o banhista solitário que a onda pegou e não trouxe mais.

Era um delírio lúcido e por isso mesmo mais perigoso e doentio.

Sentia-me como bêbada, bêbada dum mal tóxico, feito de pequenas misérias, de todas as minhas decepções e dos meus pequenos erros e fracassos a que a imaginação escaldada fazia crescer e deformava.

De noite tudo avulta e apavora, visto de dentro da insônia. Tudo parece hostil, como se fosse um mundo submarino, cheio de coisas viscosas e de arestas traiçoeiras, de ventosas e de espinhos. Tudo é invisível, inimigo, impreciso. A alma se contagia da sombra e só vê tudo em preto.

Como doem as pequenas humilhações diárias, recordadas no silêncio da noite solitária! E, também, como a gente se vinga, como abate implacavelmente, furiosamente, as forças inimigas que nos cercam, como se luta, como se vence!

De dia, desinteressante ou não, o trabalho me tomava, e o arrastar da vida: os livros, os cinemas, Luciano, General.

Glória escrevia pouco, cartas superficiais e rápidas, desligava-se da gente com a sua felicidade.

Maria José, também triste e deprimida, queixava-se muito, ultimamente, do irremediável caso do pai, discutia com terror o futuro dos meninos criados à solta naquela casa sem homem, sem ao menos o prestígio de um pai morto e virtuoso, como o têm os órfãos de verdade, para os encaminhar na vida. E rezava, rezava cada vez mais perdidamente, rezava como quem chora num desespero; calejava os joelhos, dispersava os dias em horas de adoração, corria das aulas para a bênção, comungava e ia à missa todas as manhãs.

A aproximação com Raul me apanhara no começo dessa crise. Foi uma interrupção, uma diversão apaixonada. Acabou-se porém de súbito, com o inesperado rompimento. E a crise continuou de onde parara, ou antes, continuou imóvel, parada, depois do rápido minuto de vibração e movimento.

Depois do afastamento de Raul, Aluísio aproximou-se mais de mim, como aproveitando o lugar deixado vago pelo outro.

Vinha quase todos os dias à nossa casa, ficava conversando na salinha de Dona Júlia, trazia livros, brincava com General e Luciano, que sempre andavam por perto das minhas saias.

Maria José gostava muito dele. Discutiam religião furiosamente; ele, não sei por quê, tinha um interesse especial (que eu dizia ciumento) de destruir nela a doce devoção que a prendia aos santos mais ingênuos e infantis do hagiológio: São Luís Gonzaga, Teresinha, o Anjo da Guarda. E então os anjos! De todo o dogma, era o que mais o irritava, o que mais lhe parecia disparatado e inconcebível:

— Anjos? Para que anjos? Você não vê que são uma pilhéria? Que são um desafio ao bom senso mais elementar? Se são puros espíritos, por que pecaram? E se podem pecar, por que estão acima de nós, fora do risco do céu e do inferno e das misérias do mundo? São umas espécies de criados de Deus, ou de músicos, cantando e tocando harpa...

Pacientemente, Maria José explicava:

— São os mensageiros de Deus, Aluísio, os intermediários entre Ele e os homens... São indispensáveis à harmonia entre o céu e a terra...

— É o que eu disse, criados, criados de Nosso Senhor! Invenções de uma sociedade escravocrata, que vocês endossam!

Mas acalmava-se logo, sentava-se, porque se erguera e gesticulara no calor da discussão, e rematava rindo:

— Anjo, só sei de um, só conheço um: é você, Zezé.

— E Guta? — tornava ela.

Porém Aluísio abanava a cabeça:

— Guta não pode ser anjo. Ela é daquelas que a Escritura chama: "as filhas dos homens."

NAQUELA ÚLTIMA NOITE, Aluísio foi até o nosso quarto, para ver o quadro de Raul, que eu colocara à cabeceira de minha cama.

E achou o retrato realmente bonito, descobriu nele mil sutilezas de expressão com que eu nunca atinara. Mas elogiando a pintura não elogiou o pintor; chegou mesmo a dizer:

— Pinta bem. Mas parece que a arte, nele, não é uma necessidade do espírito, mas uma habilidade manual. Não vem da inteligência nem da sensibilidade, só de aplicação e paciência.

Eu sorri, sem dizer nada. Aluísio tomara-se dessa antipatia ao homem, de repente, depois de me acompanhar várias vezes às sessões de pose. Fora ele próprio quem me apresentara Raul, usando exclamações entusiásticas; porém agora só falava nele com restrições irônicas, dizia: "o seu pintor".

Nesse dia, como insistisse nisso, eu o interrompi:

— Não fale mais, Aluísio. Briguei com ele. Desiludi-me muito...

E não tive coragem de confessar o meu papel, pareceu-me que me humilharia demais contar como eu consentira, como provocara tudo. E menti covardemente às perguntas de Aluísio:

— Tomou certas ousadias, eu me aborreci, repeli-o, brigamos.

Aluísio contentou-se com isso, e eu deixei o equívoco permanecer, miseravelmente. E agora, depois de ver o quadro, estávamos na salinha, calados, cada um pensando nas suas coisas.

Aluísio fumava e me olhava. Vi que ele tinha vontade de falar, não pôde ou não quis dizer o que ia começando.

Levantou-se, esteve folheando umas revistas que eu deixara por cima da mesinha de centro, voltou a se sentar, pôs-se novamente a olhar para mim, de cigarro na mão, como sempre. Afinal falou:

— Você hoje está enigmática!

Sorri:

— Deixe de falar difícil, menino bobo. Enigmático é você.

Ele também sorriu, mas tristemente:

— Não, Guta, o que eu sou é um pobre-diabo...

E eu pensava: imagine a decepção dele, o nojo, o ódio, se soubesse em que estou pensando agora. Porque naquele momento eu continuava recordando a verdadeira história do que se passara entre mim e Raul, o nosso estúpido e fracassado romance. Ele, porém, não adivinhava nada, felizmente, nem sonhava com as minhas misérias. Pensava nas suas próprias, decerto, porque voltou a falar:

— Se a gente pudesse dizer, Guta...

Maria José chegou com a máquina de fazer café.

Colégio da Imaculada Conceição, em Fortaleza: "O colégio era grande como uma cidadela, todo fechado em muros altos. Por dentro, pátios quadrados, varandas brancas entre pitangueiras, numa quietude mourisca de claustro."

Cartão-postal com vista
do pátio interno do Colégio da
Imaculada Conceição.

ÚLTIMA PÁGINA — RACHEL DE QUEIROZ

COLÉGIO DA IMACULADA CONCEIÇÃO

NESTE ano de 1965 completa cem anos de idade o Colégio da Imaculada Conceição de Fortaleza, minha *alma mater*. Quando o conheci já era o imenso casarão conventual que cobria um quarteirão inteiro, metade das pensionistas, metade das órfãs, e tendo à mão direita a esguia tôrre da sua capela gótica. Com êle democratizou-se o ensino das môças, pois até então só fazendeiro rico podia pôr mestra em casa para ensinar às filhas a leitura, a doutrina, o francês e o bordado. E até o piano. Lá entrei aos dez anos de idade, de lá saí aos quinze, com o meu diploma de professôra primária — único diploma que jamais conquistei.

Das Irmãs do meu tempo já se foi a grande maioria — ou já se foram tôdas? Pelo que sei, ainda lá está Irmã Josefa, pequenina e de fala meiga, a quem eu gostava de tomar a bênção quando a via passar a caminho da Capela. Morreu a Irmã Margaridinha — velhinha e curva, que nós chamávamos também Irmã Margarida-Só, para a distinguir de Irmã Margarida Maria, bela, altiva e corada como uma rosa La France. Mudou-se Irmã Angela, que foi amiga de minha mãe e que era tida entre nós como a Irmã mais instruída do colégio. Sabia até álgebra. Parece que ainda lá está Irmã Maria Luísa, a I. L., minha companheira de classe. Ah, e minha querida Irmã Appoline, que depois se virou em Irmã Simas quando a fizeram Superiora! que saudades da senhora, Ma Soeur! Já se foi Irmã Genoveva, de quem eu era bisneta, pois fôra mestra de minha avó. Irmã Genoveva contava que quando desembarcara, quarenta anos antes, as jangadas abicavam na Prainha, ao pé da ladeira do Seminário. E os viajantes, mesmo homens, mesmo freiras! eram carregados no colo dos catraieiros, para não molhar os pés.

Velho colégio, nossa Santa Gaiola, agora centenária. Tentei captá-lo num livro, mas não consegui. Como lhe apanhar a essência íntima, aquêle perfume de convento e jardim, de mocidade e clausura, de arrebatamento e misticismo? Lá nos moldaram a alma. Por mais que o mundo, depois, nos batesse e arrastasse, nos seduzisse e açoitasse, — o velho molde ficou, irredutível. É uma espécie de irmandade que nos identifica a tôdas e que reconhecemos imediatamente, seja qual fôr o tempo e a distância, como um sinal maçônico.

Parlatório da Irmã Antoinette (para nós Tonéte) que, com cinqüenta anos de Brasil, jamais aprendera português, e nos chamava indiscriminadamente de "menine". A porteira "paisana" era Maria Vicência, esguia, ossuda, tôda saias engomadas, lábios finos, rugas e sêca virtude.

A sala de costura e os bordados de sêda matizada, para a exposição do fim do ano. Sexta-feira era dia de bacalhau e — sabem que ainda hoje tento reconstituir o môlho de azeite e vinagre que nos serviam junto — mas nunca o consegui. Jardins fechados, onde pela primeira vez na vida colhi dois lírios gêmeos, plantados por minha mão. As rezas em francês, *"Oh Marie conçue sans péché!"*; e os dias de boletim, quando o colégio inteiro se reunia na sala do catecismo, e a Irmã Superiora nos estropiava invariàvelmente os nomes; nas era tal o respeito que inspirava, que nós não ousávamos sequer sorrir. *"Angélique Elerri Barère!"* Era minha prima Angélica Barreira. *Estelá Pitá!* A mim me chamava *Raxel* e eu surnuosamente passei a me assinar *Rakel*, com k.

O sino da manhã tocava às cinco e meia; a missa era em jejum e ainda tinha o banho antes do café. Almôço às dez, merenda à uma, jantar às quatro. E às sete da noite o mate com pão e manteiga. E reza. Nós pretendíamos que rezávamos vinte e quatro vêzes por dia — não sei se era verdade. Mas é fácil contar: acordar, reza, 1. Missa, 2. Café, reza antes e depois, 4. Aula, antes e depois, 6. Almôço, idem, 8. Aula, 10. Angelus, 11. Merenda, 13. Aula, 15. Jantar, 17. Estudo, 19. Angelus, 20. Ceia, 22. Oração da noite, 23. Dormir, 24. Estava certo! Em geral eram curtas as rezas: *"Dignai-vos Senhor abençoar esta comida que vossa mão liberal nos concede para melhor nos servir dela e Vos servirmos..."* Comprida, compridíssima, só a oração da noite na Capela tôda fechada e em penumbra. Um cheiro misterioso de flor e incenso; e a voz da menina que rezava parecia vir de longe. A gente sentia o peito opresso, um vago mêdo.

Mas nem tudo eram rezas, havia os recreios ruidosos; e os passeios em dia feriado, que as internas adoravam — não sei por quê. Aquela longa fila de meninas, de uniforme azul e meias pretas; íamos sempre a algum lugar deserto, sempre a pé. Só uma vez, num inesquecível passeio à praia, Irmã Angela deixou que tirássemos os sapatos e puséssemos os pés nua na areia úmida. Ah, a louca sensação de liberdade, quase de pecado!

E os dramas — mas nunca me deixaram representar nos dramas. Talvez *Ma Soeur* julgasse que me achasse muito saliente e não sabia o desgôsto que me dava! Não consegui ser nem ao menos carrasco de Joana d'Arc. Nos dramas sempre havia o problema dos trajos masculinos, impossíveis. A solução era capa. De gabardine, em geral. Em casa, na rua, nas selvas, ciganos de Mirza, doutor na cabeceira do moribundo — capa. Príncipe real mesmo, punha meias de sêda e capa de veludo. Uma menina que fazia de galã inventou uns cilindros de papel prêto, simulando pernas de calças a aparecerem sob a capa. Mas foi vetada. Era a capa só.

O jardim da Irmã Jeanne, onde conheci boninas, lembrando Inês de Castro: "Assim como a bonina que cortada..." E a roupariia que cheirava à goma e manjericão. Os chuveiros onde, mesmo nos cubículos fechados, tomávamos banho em camisola de brim, para não ofender a modéstia.

E os professôres? Dr. Lôbo, nosso preferido, que sempre fumava um cigarro escondido, antes da aula, atirando furtivamente a bagana no jardim. Dr. Pimentel, que nos ensinou todo o português que jamais aprendi (e não foi muito, professor!), Mozart Pinto, que era poeta; Dr. Eduardo Dias, Dr. Victor dos Santos, que nós chamávamos "Dr. praxe"; Dr. Pimentel Júnior, que namorou na classe e casou com Rosalba. D. Anjinha Valente, fiscal do govêrno e nosso terror em tempo de exame, que nós tentávamos exorcisar com o hino do Espírito Santo:

"Veni Creator Spiritus, mentes tuorum visita!"

Velho Colégio, que fazes cem anos, belo, sábio e eterno, velho Colégio, Santa Gaiola, com que amor te revejo!

Crônica de Rachel de Queiroz publicada na revista O Cruzeiro em 17 de abril de 1966.

Arquivo Rachel de Queiroz/
Instituto Moreira Salles

Odorina Castelo Branco, que inspirou
a personagem Glória, aos 12 anos de idade.
No peito, o broche com a foto dos pais, tal
qual em *As três Marias*: "De um lado o retrato
de uma moça bonita, sorrindo; do outro,
um homem de olhos enormes e cheios de
tristeza, com a cabeleira preta lhe fazendo
cachos pela testa grande."
Arquivo Margarida Castelo
Branco Sampaio

Alba Frota, que inspirou diretamente
a personagem Maria José, de *As três Marias*,
com, aproximadamente, 20 anos de idade.
Arquivo Teresa Maria Frota Bezerra

ACIMA:
Em 8 de setembro de 1926, Odorina Castelo Branco casou com o médico e futuro político Leão Sampaio. Rachel de Queiroz transpôs assim para *As três Marias*: "Para Glória, era como se nascesse naquele dia, e nascesse sem dor, vestida de seda branca, amando, sendo amada, e à espera de incomparáveis delícias."
Arquivo Margarida Castelo Branco Sampaio

AO LADO:
Rachel de Queiroz, quatro anos depois do lançamento de *As três Marias*.

ALBINHA
Rachel de Queiroz

Nesta grande desgraça, para o Brasil e para os seus amigos, que foi a morte do Presidente Castelo Branco, sofri uma dôr a mais, uma dôr bem funda: entre os passageiros do fatal avião estava Alba Frota a amiga de infancia, de mocidade e já agora de velhice, a companheira de colegio desde o primeiro ao ultimo ano normal, a colaboradora, a presença querida e fiel: só uma palavra pode dizer o que Alba foi para mim: a irmã.

Alma mais gentil jamais Deus pôs neste mundo. Tinha o instinto da amizade, o dom precioso da tealdade e da fidelidade. Nunca faltou a um amigo — aliás creio que nunca faltou a ninguem — amigo, conhecido ou até inimigo. Inimigo não dela, mas de algum de nós, que ela cultivava escondido da gente, até que o transformasse em amigo também.

Ah, Albinha, que posso dizer a você, nesta hora? Mas sei que lhe devo este testemunho, o que faço ainda chorando. Mas você estranharia a falta de palavras escritas, palavras de jornal, comemorando a partida. Quantas vêzes não me advertiu — "Você está devendo uma cronica a fulano que morreu!" — até me telegrafava, exigindo. Sem ser ela propria uma escritora, tinha por tôda expressão literária uma devoção quase religiosa. Eu lhe dizia brincando que papel impresso era para ela como palha benta — e era verdade. Momente papel impresso com texto de um dos seus inumeros amigos escritores. E sem ser uma criadora, como disse, fêz muito mais pelas letras e pelas artes de que muita gente de nome celebrado. O apoio que dava aos artistas pobres, obscuros, na fase dificil do assalto à fama. Quanto pintor que hoje tem nome, não lhe deve os primeiros estimulos, as palavras de confiança, a apresentação a um patrono, a venda de um quadro em hora de aperto. Quanto escritor ou poeta, em crise de desanimo, não voltou mais otimista à sua tarefa, depois de uma boa conversa, de um cafezinho, de uma discussão com a "Albinha".

A velha casa da Aldeota, que os amigos chamavam brincando a "Mansão da Donzela", era um refugio para muita alma perdida, para muito coração atormentado. Era um pequeno museu — paredes, armarios, vitrinas e prateleiras transbordando de quadros, esculturas, santos, peças folcloricas, objetos antigos, bricabaque, — que ela acumulara ao longo da vida — presentes de artistas amigos, lembranças de viagem. Que era outra paixão dela, viajar. Hoje não sei se terei coragem de entrar mais naquela casa, ver tudo aquilo tão marcado por ela — e o papelorio, o meu papelorio todo, de que ela se fizera depositaria, e colecionava e defendia com feroz cuidado!

Quando chegou aqui em casa, no grupo de amigos, foi uma alegria, uma surpresa. De longe, antes de descer do carro, já gritava coisas atrapalhadas, enquanto a gente corria para a abraçar. Passou a ultima noite de vida em minha casa — inaugurando um quarto novo onde ainda não dormira ninguem. Eu vim acomoda-la, dei-lhe cigarro e cinzeiro, ajeitei a luz, exigi que pusesse um cobertor, ameaçando-a com o frio da madrugada.

Acordei ouvindo a sua voz na sala — madrugadora e alvoroçada, como era sempre quando tinha que viajar. Enquanto lhe servia o café ainda insisti em que não fosse de avião, seguisse para Fortaleza no trolemotor, que voltava vazio. Ela riu, disse que não, que no avião chegaria mais depressa.

Chegou mais depressa, sim, Albinha. Chegou mais depressa no céu, em que você acreditava com fé humilde. Afinal, lá mesmo é que é o seu lugar.

Crônica com que Rachel de Queiroz homenageou Alba Frota logo após a morte da amiga, no mesmo acidente aéreo em que morreu o ex-presidente Castelo Branco. Publicada no *Correio do Ceará*, em 1º de agosto de 1967.
Arquivo Rachel de Queiroz / Instituto Moreira Salles

Quebrado o colóquio, abandonamos cismas e confidências.

À saída, Aluísio demorou mais tempo com a minha mão nas suas, e me pareceram quentes, aquelas mãos, e um pouco trêmulas.

Pareceu-me realmente isso, naquele momento, ou foi sugestão do que aconteceu depois?

Porque no dia seguinte de manhã, enquanto eu ainda lia, no meu quarto, chegou Maria José com a notícia, tão brutal e inesperada, como a conto aqui: que Aluísio tomara várias pastilhas de sublimado corrosivo e estava para morrer.

FALAVA-SE NUMA CARTA. Uma carta dirigida ao pai, no sertão, e que o tio encontrara e lera.

Ninguém mais vira essa carta, só o tio. Parece que falava em mim. Parece que aludia a um amor infeliz, a uma paixão incompreendida que o levara àquele fim.

E Maria José concluiu:

— Todos dizem que foi por sua causa.

Eu receava obscuramente aquilo. Mas não pude me impedir de protestar, num grito aflito:

— Eu? Ainda ontem ele esteve aqui, e você bem o viu! Não disse nada, não se queixou. Nunca me disse nada! Por que haveria de ser por minha causa?

Sim, por que por minha causa? Nunca entre nós houvera cenas de amor. Eu poderia talvez adivinhar que ele me queria, assim como um colegial que ama uma mulher já feita. Porém apenas adivinhar, mais nada. E tinha havido as mãos dele, quentes e trêmulas, na véspera, e aquela começada confissão.

Maria José continuou:

— Ontem quando saiu daqui, ele foi encontrar uns amigos. Beberam, dizem que o Aluísio bebeu mais do que os outros, ficou meio louco, fez brindes esquisitos. Disse muita extravagância, falou em esfinge, numa mulher "que só lhe deixava duas alternativas: a morte ou o ridículo".

Os rapazes não se importaram, não levaram a sério as ameaças. Toda vez que ele bebia, dava para fazer literatura e falar em suicídio. Estava tão embriagado, no fim, que os outros o foram levar em casa de automóvel. Foi posto na cama vestido e ainda falando tolices.

Quando se levantou? Onde arranjou o veneno? Ninguém sabe. O tio, que dorme no quarto vizinho, acordou de madrugada, ouvindo alguém que arquejava. Já era ele, querendo morrer.

Ainda arquejava, quando o fui ver, ao meio-dia. Deram-me entrada na casa, como se eu mesma fosse o anjo da morte. Não me disseram nada, nem uma palavra dura, nem um gesto mau; mas tinham um jeito de me fazerem lugar, de me espiar, como se eu fosse uma assassina, como se aquele rapaz de boca queimada e seca, que gemia na cama, estivesse ferido por minhas mãos.

Não houve nenhum reconhecimento dramático, nenhuma cena. Eu sentia a garganta fechada e áspera, mas não chorei; ele não me reconheceu, ou se reconheceu não se importou, pensando decerto só e implacavelmente na morte, naquela morte estúpida e louca que já o agarrava, que o ia arrastando, pobre criança infeliz que o brinquedo arriscado derrubou.

Os outros continuavam me olhando em silêncio e curiosos. Esperavam talvez que eu caísse de joelhos, e pedisse perdão?

Eu não cuidava nisso. Não me sentia culpada e por que me sentiria? Ele é que me fazia mal, me arrastava na sua queda, abismo abaixo.

Em nome de que direito se introduzira assim brutalmente na minha tranquilidade, por que arrastara consigo a sua alcova dramática, a parentela acabrunhada, e viera morrer dentro da minha vida?

Até então era quase um estranho, um camarada apenas. De repente se apossara de mim, me punha nua e atada à sua cabeceira de defunto, à mercê da crueldade de todos, como num pelourinho.

*

Ele soluçava agora, um soluço duro, inconsciente, mecânico. Movia as mãos, repuxava a boca convulsamente, entre um arquejo e outro. Coitadinho, coitadinho. Parecia um menino na cama, um menino morrendo. O cabelo lhe cacheava na testa suada, o nariz estava afilado, sorvendo aflitivamente o ar, como um afogado.

Causava tanto dó, isolado assim para morrer, desligado já de todos, sem ver a mim, sem ver ninguém, lutando sozinho como se nada no mundo existisse mais, senão ele e a sua angústia!

Meti os nós dos dedos na boca, comecei a morder os soluços.

Pus-me atrás da cabeceira da cama; por um instante esqueci os que me olhavam, as caras inimigas em torno de mim, deixei o choro me cegar, me desabafar um pouco daquele peso terrível que me oprimia desde que Maria José entrara com a notícia.

164

Quando tirei os olhos da testa suada dele, das mãos aflitas, do peito que roncava, da camisa enxovalhada da véspera posta ainda nas costas de uma cadeira, junto àquela gravata de xadrez com que ainda ontem... — e de novo pensei nos outros —, eles me olhavam menos hostis, com uma certa piedade curiosa; já os não sentia tão inimigos. Talvez julgassem que eu, afinal, me compenetrava do meu papel e chorava.

*

Coitadinho, coitadinho. Tudo era vulgar, mesquinho, sem grandeza. Ele pensara talvez num gesto sublime, a embriaguez ajudara no sonho, imaginara fazer-se grande aos meus olhos, aos olhos de todos, cheio de repente do prestígio terrível, da majestade esmagadora da morte.

E esquecera o cenário, esquecera os detalhes.

Escrevera a carta, cheia decerto de terríveis apóstrofes, ou de queixas irônicas. Mas tinham-lhe amarrado um lenço no queixo, um lenço com um nozinho em cima, um pequeno nó humilde e ridículo. Tinham-no vestido, calçado, e as pontas dos sapatos emergiam estranhamente entre as papoulas que murchavam a seus pés. A cera das velas pingava no chão, manchava o soalho, com grandes nódoas oleosas.

Viam-se os pregos segurando os galões dourados que enfeitavam o caixão, repuxando o pano preto, e toda aquela encenação de morte, exibida à luz do dia, era postiça, rapada e mesquinha como um bastidor de teatro.

A tia dele se assoava e repetia para as outras mulheres o texto do telegrama passado à família.

Chegavam moças com ramos, velhas de rosário na mão, ajoelhavam-se todas em torno do caixão e rezavam.

*

Que palavras poderão exprimir a impressão de comunicação impossível, implacavelmente destruída, de inutilidade absoluta de qualquer esforço, de distância, de ruptura, de quebra de todos os laços, que nos dá a presença dum morto?

Para que se faz um gesto ainda, para que se beija a sua testa gelada, para que as flores, por que se fica ali em redor, naquela espantosa vigília, espreitando a decomposição, assistindo ao afastamento piorar, vendo aquele que nos foi tudo — amor, filho, pai, mãe, irmão — ir-se tornando a cada instante mais indiferente e longínquo, mais desconhecido, mais intruso e terrível?

Para que vencer o medo, o horror instintivo? Só o medo e o horror é que são justos.

EU SENTIA PENA, um dó imenso, mas não remorsos, como Maria José e os outros esperavam.

Tinha antes a mesma primeira impressão de quase rancor a ele — senão rancor, pelo menos queixa. Parecia-me que Aluísio me traíra, que renegara suas palavras e seus gestos de amizade, as confidências, a boa confiança que existia entre nós, servindo--se assim de mim para lançar o seu trágico número sensacional.

Pegara-me à traição, atirara-me impiedosamente à curiosidade dos outros, à feroz bisbilhotice daquela gente que nos conhecia e se comprazia em inventar romances cruéis e impossíveis.

E, principalmente, com que direito me impor aquele luto, aquela mágoa; com que direito, apenas porque bebera demais entre rapazes, me dilacerar o coração?

*

Coitadinho, ficou tão sério, com o rosto tão doloroso e surpreso! Nem me viu, nem me conheceu. E dizer que se matara por mim! Mas onde estavam as supremas palavras, a derradeira e apaixonada confissão?

Morreu agoniado e em silêncio, sem se lembrar de nada, senão talvez de se defender desesperadamente, entre soluços e arquejos roucos, contra o veneno que lhe queimava o corpo e lhe cegava os olhos.

Quanto à tal carta, jamais consegui vê-la. Existiria, ao menos? Por que insistirem em que foi por minha causa? A mim nunca ele disse nada, nem a mim, nem a ninguém. Só os olhos e os cochichos inimigos daquela gente diziam isso. Na verdade, eu é que era realmente a vítima dele, vítima do suicida, que agora dormia descansado, sem pensar mais no que fez.

*

Aluísio tinha a cabeça cheia de coisas absurdas, vivia imaginando ideias estranhas, criando conflitos e dramas. Só dava importância à sua própria imaginação, e qualquer fato do momento só o impressionava depois de transformado e moído na sua cabeça. Foi isso o que realmente o matou, não eu. Se ele gostava de mim, por que nunca o disse? Falta de oportunidade? Teve muitas oportunidades. Andávamos juntos, conversávamos longamente, em palestras infindáveis. Certa noite, ficamos os dois na sala, muito tempo sós, debruçados à mesa, folheando o mesmo livro. Por que ele não falou, então, não disse uma palavra, nem sequer deu a entender? Eu até o provoquei um pouco, nessa noite, levada não sei por que instinto perverso. Deixei meu braço encostar no seu, ele ficou imóvel e sério, como um menino inocente. Se me queria, como pretendem, por que não ousou então? Tímido? E as confidências que me fazia? Falava sobre as suas mágoas secretas, sobre a sua vida irregular de estudante, até sobre as mulheres que frequentava. E eu o encorajava a se abrir comigo, interessava-me pelo seu coração complicado e mórbido, pela sua cabeça cheia demais.

Se há, pois, algum culpado, se alguém o matou, foi essa sua cabeça doentia, não eu.

*

No entanto, todos estranhavam eu não me haver coberto de luto, como uma viúva.

*

A tia dele só me chamava "a filha de Satanás"; contava a todo o mundo como eu seduzira o menino, como o arrastara ao mal e à loucura, enchendo-o de livros perversos, blasfemando das coisas santas, passeando com ele até pelo cemitério, perdidos nós dois nas infindáveis conversas. E, no fim, eu tinha ido ver Aluísio morrer, tinha ficado de olho duro junto da cama, sem uma lágrima, sem um gesto de amizade ou de arrependimento, enquanto o pobrezinho me fitava, já na ânsia da morte, enfeitiçado ainda, implorando ainda tudo o que eu mudamente lhe negava.

— Não botou uma lágrima, uma única!

E a verdade é que meus olhos a todo instante se enchiam de água, meu coração vivia pisado de sofrimento e de pena.

E de noite, nas minhas insônias, agora mais terríveis do que nunca, era aquela mágoa, era o choro secreto e silencioso que me povoavam a vigília.

DEIXEI DE OLHAR PARA o mundo que sempre me parecera
tão bonito antes — o céu, as paisagens, as flores. Tomei horror
a rosas — flores de enfeitar mortos, flores de enterro, feitas para
cheirar dentro de caixões e por cima de túmulos.

Tinha medo de ler; todo livro é uma evocação de tragédias.
Há tantos rapazes mortos nas histórias escritas, e os rapazes
vivos, quando ainda podem rir e fumar, e nos pegar na mão e
ler trechos em voz alta, adoram de tal maneira os livros!

Meu abatimento começou a impressionar Maria José.

— Você vive tão deprimida, Guta, tão triste! Sempre foi
precoce; e já está solteirona, nesta idade. Por que não pede uma
licença, não vai ao Rio? Vou escrever sobre isso à sua madrasta.

Na verdade, eu mesma me sentia cheia de impertinências
e azedume, de abstrações, de prantos repentinos. Agarrei-me
à ideia da viagem. Fiz uma carta a papai e obtive dinheiro.
Custou-me escrever-lhe pedindo; não havia entre nós correspondência íntima e afetuosa; ele nunca escrevia, porque tinha

horror a fazer cartas, e era com Madrinha que eu trocava mensalmente notícias de amigável formalidade, falando acerca da saúde e do calor, sobre sapatos para os meninos e remédios que às vezes faltavam no Crato. Algumas linhas em letra grande, enchendo três quartas partes de uma folha de bloco.

Porém, felizmente, papai compreendeu minha necessidade de mudar de horizonte e o meu desejo de ver um pouco o mundo. Chegara ao Crato a história do suicídio de Aluísio, naturalmente ampliada e escurecida. Madrinha, respondendo à carta de Maria José, contou que papai, ao saber da notícia, passou dois dias sem falar com ninguém, fumando e passeando pelo alpendre, de cara sombria. Ouviu sem dizer nada as palavras de Maria José, que Madrinha lhe transmitira: e no dia seguinte mandou vender um gado e me remeteu num envelope o dinheiro, com um cartão carinhoso e rápido: "*À minha filhinha, para sua viagem, com muitos beijos do papai.*" Madrinha me mandou uma echarpe de lã para o frio e página e meia de conselhos sobre a moral e os defluxos.

Arranjei uma licença de três meses na repartição; Maria José e dois colegas de trabalho me acompanharam à ponte.

Luciano também foi, e eu tentei comovê-lo, falando em saudade e em separação. Ele, entretanto, nem me ouvia, estendeu-me uma bochecha distraída para o beijo, interessado que estava pelas lanchas, pelos guindastes, pelos navios e suas bandeiras.

Embarquei, pois, sem saudades, sozinha, vagamente recomendada por Dona Júlia a uns conhecidos que viajavam para o Sul.

Nunca eu tinha estado a bordo antes. Um navio era, para mim, o palácio feérico, levando através do mar toda uma carga de prazeres inéditos e de deliciosas convivências. Tudo branco, reluzindo de metais polidos, como se via no cinema. Rapazes estrangeiros, vestidos de flanela clara, contando histórias de terras longínquas; orquestra às refeições, bares, coquetéis, salões de dança, mulheres decotadas fumando... Tudo o que eu nunca vira, que nunca me atrevera a desejar, na minha vida sempre austera e sem prazeres.

E naturalmente não encontrei nada disso.

Enjoei toda a viagem. Nos portos não saltava porque não conhecia ninguém em terra e não fizera amizades a bordo, metida sempre no camarote, suando, tonta e cheia de náuseas. Só no Recife me animei um pouco, dei algumas voltas tímidas por perto do cais, com medo de ir mais longe, perder-me pela cidade, perder depois o navio.

E a bordo, como tudo cheirava mal, como era quente e inseguro! Como me doía a cabeça, como me doíam os olhos, que horrendo e lúgubre buraco era o camarote! Bastava lhe abrir a porta, e um bafo morno saía de dentro, como dum forno sujo; e eu mal conseguia me arrastar até o beliche, deixava-me cair sobre o colchão duro e cheirando a mofo e desinfetante, e ali ficava em coma, sem calor no corpo e de coração parado, até que um camaroteiro compassivo me acudisse.

Parava o navio, eu me reanimava, vestia uma roupa melhor, ia para o tombadilho.

Já todo o mundo saíra de bordo para a terra, só ficava na coberta um velho senhor doente de beribéri, estirado na cadeira de pano, com uma filha solteirona ao lado. E eu me sentava também, ou me punha à amurada, olhando melancolicamente os poucos passantes que se arriscavam pelo cais, os guindastes que carregavam e descarregavam gemendo, os ganhadores que dormiam na parca sombra dos armazéns.

Os PRIMEIROS DIAS no Rio foram de cansaço, de rumor e tédio. Um tédio característico, uma espécie de tédio movimentado, implacavelmente monótono, como um rumor inalterável de máquina.

Tédio de me sentir inútil e sozinha, parada, no meio da agitação de todos, sem um ponto de referência afetiva com ninguém, unidade extraviada no meio da multidão estranha.

Muito barulho, muita gente, um vaivém desesperado que arrastava vertiginosamente os automóveis e os homens da rua, os pregoeiros, os ônibus que correm loucamente como para salvar dum incêndio os remotos lugares de nome de poemas, indicados nas tabuletas. E, até na pequena pensão onde eu me acolhera, o rumor desconcertante se propagava, por meio das conversas de mesa, maliciosas e agudas, ajudadas por uma gíria irreverente, onde eu me perdia; dos bondes, que passavam em fila constante pela rua, abalando a casa toda; da crioula cinematográfica que limpava os móveis cantando foxes com voz de soprano e do telefone, chamando estrepitoso e incansável os rapazes da casa, de um em um; dos ditos rapazes, que se acotovelavam de manhã à porta do banheiro, almoçavam às carreiras o bife com batatas e davam beijos sonoros (tudo era sonoro, violentamente sonoro!) na cara rosada de Dona Adelina, a portuguesa dona da pensão: ela limpava a face com a ponta do avental e risonhamente os chamava de mariolas.

Levara-me àquela casa uma recomendação de Dona Júlia. Lá moravam sua irmã e o marido, o tal que era médico do Exército, asmático e neurastênico, homem dado a discussões violentas, que o seu largo vozeirão tornava assustadoras.

Discutia sobre tudo: sobre teatro e sobre moral, sobre agricultura e matemática, mas especialmente sobre história.

Admirava com um furor estridente Henrique IV e o Edito de Nantes, Danton, o Marquês de Pombal ("Sebastião José de Carvalho e Melo, Conde de Oeiras e Marquês de Pombal") e Floriano Peixoto ("— Como os receberia, Marechal? — À bala!"). Admirava também Camilo Flammarion. Em literatura, adorava Júlio Dantas, não sei por que misteriosa e frívola afinidade. E depois de o ver à mesa, disputar trovejantemente sobre os discursos da Convenção, ou sobre a expulsão dos jesuítas, era comoventemente ridículo ouvi-lo recitar com voz melíflua, piscando um olho safado e sorrindo sob o bigode amarelo, as frascarices galantes do seu poeta.

Avisado pela cunhada, foi me receber ao cais, levando pelo braço a mulher, gorda e sossegada, tão diferente de Dona Júlia, que ninguém as diria irmãs: uma, maltratada e envelhecida, cozinhando e enchendo marmitas; a outra, vestida de seda cara, pintada e sorridente, com um *renard* enrolado pelos ombros.

Foram-me uns tutores cômodos, indiferentes e amáveis. Não me importunavam nunca, deixavam-me sair só, a qualquer hora, sem admiração nem censuras. Dona Alice só me dava conselhos a respeito de trajo, calçado e lojas barateiras, e me serviu de muito. O major gostava das moças modernas, era pela independência feminina, e o seu tipo de mulher ideal era uma espécie de sufragista assexuada, que esbofeteasse os galãs na rua, soubesse ganhar contos de réis num escritório e falasse pelo menos três línguas.

Aclimei-me, entretanto, bem depressa. Com oito dias já conhecia o Centro, já tinha pontos, já fizera amigos. Já tomava parte nas conversas do jantar e sorria às amabilidades dos rapazes.

Conversava especialmente com o Dr. Isaac, um romaico de cabelo vermelho e grandes mãos brancas, voz lenta e grave, dum sotaque pitoresco e arcaico, que lembrava a fala de línguas mortas. Era médico, chegara ao Brasil há um ano, e estudava para revalidar o diploma. Gostava de me contar coisas da sua terra: e falava em gentes e localidades de nomes harmoniosos como os dos heróis gregos.

Em algumas noites calmas ele e eu nos deixávamos ficar na sala, depois que todos os outros iam embora. Só o major cochilava na sua poltrona; e Dona Adelina fazia tricô junto ao abajur de pé, sombrio e horrendo como um chapéu de chuva.

Isaac então ia ao quarto, trazia um pacote de discos, tirava da vitrola a marcha carnavalesca que os rapazes, ao sair, tinham deixado na agulha; e punha a tocar para mim — talvez também para si próprio, para aquecer saudades — velhas canções ciganas, cheias de lamentos de violino e de musicais onomatopeias, cantigas em russo, dolentes e apaixonadas, cuja letra ele me traduzia sorrindo e onde se falava sempre de amantes separados e de mortes trágicas.

Dona Adelina, movendo lentamente a cabeça, acompanhava o compasso da música; o major despertava de vez em quando e achava a canção bonita, quebrando o recolhido silêncio.

Eu ouvia, seduzida, ia me apossando daquele remoto mundo de Isaac, via as doces paisagens da sua terra, que ele me evocara: os rebanhos, os pastores primitivos e rústicos como os pastores da Bíblia, as quietas aldeias, o belo céu balcânico, as altas montanhas de rochas ásperas, aparecendo ao longe.

Ele também me fazia contar coisas do meu Cariri natal, que era ali tão exótico e distante quanto as agulhas dos Cárpatos. Do Juazeiro e dos beatos, da igreja inacabada do Horto, semelhante a uma ruína de outras idades, erguendo-se no cimo do morro nu e rochoso: ao lado dela, o telheiro cheio de milagres; e o seu adro empedrado, em cujas lajes os peregrinos deixam as marcas dos pés, em rastos de sangue.

Contava-lhe os meus passeios com papai, nas manhãs de inverno: os cavalos se perdiam pelos canaviais, pelas lagoas, pelo carrascal bravo, e nós tínhamos sempre no horizonte a barreira do Araripe, azul e constante como a linha do mar.

Começamos a sair juntos, Isaac e eu. Ele me levava aos seus cantos prediletos da cidade: às pedras do Arpoador, com as ondas furiosas batendo nas rochas, e onde a gente se sentia longe do mundo, só com o mar e as pedras, como o faroleiro na sua torre; em lentos passeios pelo Cais do Porto, às últimas horas da tarde, quando a água começa a escurecer e a ficar triste e os marinheiros europeus saem de bordo em pequenos grupos, o passo pesado, a cara ingênua, e rumam em direção à cidade e ao Mangue.

Ensinou-me a gostar dos pequenos cafés, especialmente um cafezinho de esquina, com portas de vidro, escondido pelo vulto enorme dum arranha-céu de defronte. Ficávamos lá conversando tardes inteiras, cada um contando as suas coisas, discutindo, falando em livros, em medicina, em nós e nos outros. Já à noite, quando saíamos, era frio na rua e a neblina de inverno escurecia as luzes da avenida. Isaac me pegava no braço, eu fechava os botões do agasalho, e, guiada por ele, corria estonteada pelo meio dos ônibus e dos automóveis, sem nunca saber direito o lugar onde deveríamos tomar o bonde.

Em breve, eu que me dispersava infatigavelmente pelos passeios clássicos — Quinta, Pão de Açúcar, Tijuca, Corcovado — fui centralizando minhas preferências em torno de Isaac, e ele acabou resumindo para mim todo o interesse da cidade, da manhã que começava, do meio-dia luminoso, das noites em que vagávamos a sós, desconhecidos e felizes, por entre ruas, praças e árvores que para nós não tinham nomes.

Uma noite tomamos um ônibus e fomos dar à praia — o Leblon longínquo, as areias sem fim.

Era o deserto, o mundo primitivo, a solidão, a ilha perdida. As ondas cobriam o rumor dos bondes que passavam por trás de nós, na cidade distante a que dávamos as costas.

A princípio ficamos parados, juntos mas cada um sozinho, vendo com os seus próprios olhos a violenta beleza do céu, da noite e do mar. Depois ambos fomos situando um ao outro na paisagem, ambos fomos sentindo uma necessidade maior de aproximação, de uma ternura mais precisa, oprimidos e intranquilos.

Sentamos na areia, Isaac me abraçou e eu me deixei ficar junto dele, de repente quieta e feliz. Soprava um vento de inverno marítimo e gelado, nós nos apertávamos nas capas, apertávamo-nos mais um contra o outro. As mãos frias dele se aconchegavam nas dobras do meu casaco. E era bom estar nos seus braços, sentir o seu coração batendo tão perto, sua boca me correr suavemente pelo cabelo, pelos olhos. Afinal eu atingia aquela impressão de felicidade e sossego que sempre julgara impossível, inalcançável, no vácuo das velhas noites, quando alimentava em longas imaginações o meu desejo de morte. Agora parava ali. Não pensava, não sonhava, não queria nada, deixava-me estar, passiva e imóvel.

Ele foi que se acordou primeiro do que eu, soltou-me, ergueu-se, viu as horas, girou em torno de si, como se orientando. Levantei-me também, meio tonta, sem saber por que terminara o maravilhoso momento, acompanhei-o, fomos voltando para o asfalto, para o fim da rua iluminada que emendava com o nosso deserto.

No bonde, quase sem gente, sentamos juntos no último banco, de mãos presas, eu sorrindo para ele, Isaac calado, aconchegando-me aos seus grandes ombros magros, minha face roçando no pano áspero da sua capa.

*

No meio da viagem — era quase uma hora de bonde —, começou a chover e os salpicos da neblina nos caíam no rosto. Isaac quis fechar a cortina, e eu não consenti, segurei-lhe a mão. Os pingos frios me batendo na face ampliavam o meu mundo de felicidade, levavam-me aos tempos de mamãe, aos banhos de chuva no quintal — e as nossas risadas, e o meu coração pulando de alegria. Era a mesma alegria agora. A chuva, o cheiro da chuva, a frieza das gotas de água, mamãe correndo comigo, tão bonita, tão contente, o cabelo lhe escorrendo pelas costas, os pés calcando os pequenos seixos do chão, eu gritando em torno dela, agarrando-a, abraçando-a, sufocada de felicidade.

Era como se Isaac, pelo milagre da sua presença, do seu braço em redor dos meus ombros, me restituísse à infância, à alegria livre e nua, enquanto o vento molhado me batia na boca e nos olhos.

Atrás das grades de ferro, os jardins molhados desprendiam um cheiro rústico de terra, de folhas molhadas, de flores se abrindo. Isaac me cingia com força, o bonde corria cego, sem procurar caminho dentro da neblina e da noite, nós não falávamos, apenas ríamos, apertávamo-nos as mãos e nos aconchegávamos mais estreitamente um ao outro.

AO CHEGAR EM CASA, encontrei sobre a mesa de cabeceira uma carta de Maria José. A prorrogação de minha licença não fora concedida. Só se ficasse sem vencimentos. E naturalmente os capitais deviam estar esgotados... Ainda dariam para uns quinze dias? — perguntava alegremente ela. O melhor seria arrumar a malota, deixar a boa vida e voltar ao batente. Luciano pedia que lhe levasse um avião que voasse sozinho. General passara três dias sumido de casa, e afinal apareceu, sujo, arrastando uma perna, com a barriga encostada no espinhaço. "Aquela pessoa" (o pai dela) embarcara para o Norte; diziam que levava a mulher e o menino. Despedira-se da filha, aparecendo bruscamente numa esquina. Deixara-lhe na mão, ao se ir embora, um pesado anel de ouro com um brilhante.

Última notícia: morrera a mãe de Aluísio, afinal. Todo o mundo dizia que a matara o suicídio do filho. Nós bem sabíamos, entretanto, que ela sempre fora tísica e inválida.

E eu, como vivia no Rio, o que fazia de tão absorvente que nem tempo encontrava para escrever ao meu povo? Gozando, farreando, aproveitando a vida, imagine-se! Já conseguira pegar um oficial de Marinha ou algum aviador menos trouxa? Ela ficava rezando por mim e esperando minha volta para breve, especialmente em vista das informações que me dava no começo da carta, etc...

Escrito numa margem do bloco: "Glória deu à luz um filhinho. É muito gordo, pesou quatro quilos ao nascer, tem olhos pretos e parece com o pai. Pelo correio marítimo você receberá a participação."

No dia seguinte almoçamos juntos na cidade.

Nunca eu vira Isaac tão alegre, tão perto de mim.

Não aludia a nada do que se passara na véspera, não pedia promessas, mas apossava-se de mim com firmeza e naturalidade. Segurava-me a mão por cima da mesa, tirara-me o casaco à entrada, escolhera-me o prato, endireitou uma vez o meu cabelo que escorregava do grampo frouxo.

Fazia-me falar, sorria, quis que eu lhe contasse a minha vida, os outros homens, os outros momentos. E eu contei os poucos e ingênuos idílios meus e de Maria José, com os meninos do Liceu, os namoros de carnaval, as rápidas conversas de bonde, em caminho para a repartição. Falei pouco em Aluísio, entretanto, e não disse nada de Raul. Para que mexer neles? Não adianta desenterrar defuntos velhos. Nem novos, naturalmente.

Isaac escolhera um *menu* esquisito, cheio de verduras cruas, coisa ruim, com gosto de areia. E ria da minha selvageria, porque eu queria jogar no chão as raízes vermelhas de sabor de folha.

Conto tudo isso dele, que eu, eu não era nada. Boneca, namorada, criança, vivia apenas do toque das suas mãos, num estado especial de euforia; contava coisas, ria, devorava, bebia o vinho roxo, chocando com os dentes no vidro do copo, tirando toda a minha ventura daquela feliz passividade. Não via o movimento da rua, não enxergava os poucos conhecidos, só enxergava a ele — a sua boca, os seus olhos azuis, as suas grandes mãos brancas que me procuravam, que me tateavam, cúmplices de qualquer obscuridade, de qualquer encontro casual.

À saída do nosso cafezinho, na esquina do arranha-céu, ele me levou para a Biblioteca. Sentou-me num canto discreto, deu-me um livro:

— Tenho que estudar, Guta. Fique aí lendo. Não quero você na rua. Se me lembrar de que está passeando, deixo tudo e vou atrás de você...

Sentou-se à mesa mais próxima, espalhou os cadernos sobre os livros de estudo. E eu o fiquei olhando, com o volume que ele me dera fechado na mão.

Via-o sentado, o corpo grande e magro em repouso, curvado indolentemente sobre a mesa. E me parecia belo, inigualável. Como se cria, como se forma essa maravilha de carne e nervos — um homem? A mão que escreve, o torso que se desenha encostado na cadeira, a curva da nuca, a linha vigorosa do queixo, como tudo é perfeito, sereno, cheio de poder e beleza! Não era a ele, ao meu Isaac, que eu via naquele momento; via o homem, a criatura, o milagre da coisa viva, posta ali diante dos meus olhos despertos e interessados pelo prestígio do amor.

Ele não me olhava e nem sequer pensava em mim, absorvido nas suas notas. E eu cogitava em todas as riquezas guardadas em potência naquele corpo, o mal e o bem, a ternura, a cólera, as carícias, a alma amorosa. Tentava reconstituir na feição serena e concentrada dele a expressão dos momentos de amor, e parecia-me que aquele não era o mesmo de ontem, era-me impossível encontrar um dentro do outro.

Quem era aquele homem, agora? Um estranho, nada mais que um estranho. Basta uma pessoa se fechar com os seus pensamentos para colocar entre si e nós toda uma fronteira, com soldados, limites, e um mar desconhecido separando. Há tantos dias que andávamos juntos, o rosto dele já me era familiar como o anel da minha mão; seria capaz até de o desenhar de memória. No entanto, não o reconhecia agora, porque talvez a cara dele era outra, e a gente tem uma feição especial para cada sentimento e cada sensação.

Depressa comecei a me sentir sozinha, abandonada no meio de tanto livro, no meio daqueles estranhos silenciosos, agarrado cada qual com a sua leitura, tendo na minha mão um volume cujo nome mal entrevira, desconhecido como tudo o mais ali.

Porém Isaac levantou os olhos do caderno e sorriu para mim — e de repente eu o recuperei, e com ele as minhas riquezas.

*

Isaac me queria, era evidente, mas nunca me falara de amor. Não fazia projetos, não pedia promessas, não hipotecava o futuro. Nos instantes de ternura mais íntima, ou em outros momentos sem importância, suas palavras sempre feriam apenas o sentimento presente, a sensação do momento.

E eu, que sonhava e fazia projetos sozinha, não ousava pedir nada, imitava o descuido dele; via próximo o dia de ir embora e continuava calada, com medo de quebrar o encanto, com medo de o decepcionar, de o levar a me supor capaz de qualquer cálculo e negociar com o coração. Tirava justamente o meu orgulho do gesto de me dar sem pedir nada, ou pelo menos sem mostrar que o esperava.

E nada restava mais de mim que eu não lhe houvesse dado, nem do coração nem do corpo. E ele tudo recebera gravemente enternecido, mas sem exaltações de agradecimento, sem humildade nem remorsos, sem achar que me ficara a dever nada.

Era como se eu fosse sua mulher há muito tempo, e a minha entrega, que entretanto me custou prantos, arrependimentos secretos e terríveis — não tinha para ele outra significação além do seu próprio e imediato conteúdo de prazer e ternura.

Quando me tomou, não pediu nada, foi acompanhando gradualmente o seu desejo, levando-me a compartilhar dele, sorrindo do meu susto e dos meus recuos, obstinado, suave e inflexível.

Mais que a dor física, ficou-me dessa primeira entrega uma sensação de medo e secreta humilhação; aquele gozo, que ele tirava de mim, era tão só dele, tão separado de mim, diminuía-me tanto! Eu não ressentia nada do misterioso prazer cuja aproximação o fizera arquejar como se sofresse, e depois o deixara sonolento e quieto, atirado na areia, numa espécie de inconsciência feliz, com o rosto encostado ao meu colo.

Eu estava lúcida, lúcida e magoada, e extraordinariamente triste e medrosa. Queria que ele me consolasse, me abraçasse, me compensasse de tudo. Porém Isaac, na sua sonolência, deixava-me estar sozinha, e parecia que minha função terminara ali — pelo menos até que o seu desejo renascesse.

O vento frio da praia gelava-me as mãos, eu me enrolava na capa, tiritando. A areia me enchia os cabelos, e uma poeira fina e salgada, levantada pelo vento, açoitava-me o rosto.

Isaac, afinal desperto, virou-se para mim, abraçou-me:

— Parece que você está morrendo de frio!

Encolhi-me mais, apertei-o desesperadamente nos braços:

— Sim, Isaac. E estou pensando...

Os olhos dele, agora abertos, estavam tão próximos do meu rosto, que eu lhe sentia os cílios me roçarem a face.

Resumi da maneira mais fácil as minhas inquietações difusas:

— E... você já pensou... e se eu tiver um filho?

Ele me beijou primeiro, me sufocou quase, depois se alongou de novo e riu, olhando as estrelas:

— Havia de ser um garoto extraordinário!

*

Não falei mais, continuei pensando, tentando decifrar a razão do seu riso e o que sentiria ele, se enternecimento por esse filho possível e amor por mim — ou apenas indiferença, descuido, ligeireza.

Nunca o soube ao certo. Nem nesse dia, nem em outros, nunca entendi o coração dele. Não sei se fui para Isaac apenas uma pequena a mais, que ele tomou com uma certa piedade enternecida, ou se me considerou realmente uma mulher, naquele instante a única, a amada, a escolhida.

Será que tive, na sua vida, a mesma significação reveladora e inapagável que teve ele na minha?

Nunca o soube.

Aliás, ainda hoje, que sei eu do amor? Como será a atitude de um homem diante de cada mulher que possui? Qual a diferença que pode ele estabelecer entre uma posse e outra posse?

Às vezes ele nos diz certa palavra de comovida intimidade que nos toca profundamente, e nos levaria a lhe dar mais, se mais houvesse a dar; e quem sabe não é essa palavra um lugar--comum da ocasião, qualquer coisa já gasta e deformada pelo uso, tão mecânica quanto as outras atitudes do amor? Qualquer frase de cortesia banal, se fosse ouvida com o coração, poderia ter um sentido riquíssimo e profundo. No entanto, resvala por nós, sem despertar gratidão nem interesse, sem compromisso de verdade, mera fórmula que é. Talvez os homens usem as ternuras do amor como empregam os "encantado em conhecê-la", na rua. E é a nossa ingenuidade inexperiente que descobre confissões e protestos no que não é mais do que uma cortesia corriqueira.

O abandono feliz do fim, a entrecortada febre de antes, as exclamações incoerentes e comovedoras, quem as dita é talvez a carne satisfeita, não é o coração amante.

Ou são ambos que falam? Seriam ambos que falavam em Isaac, a carne e o coração?

OS MEUS MELHORES momentos, ou os que poderiam ter sido os melhores, estraguei-os com essas divagações.

Só quando não tinha Isaac perto de mim é que o sabia amar, e tudo então, só então, se me afigurava completo e maravilhoso.

Perto de Isaac, parecia-me sempre que ele me faltava ou me fugia. E nos últimos dias tivemos apenas um momento de absoluta identificação: quando me atirei nos seus braços, na tarde do embarque, durante a nossa despedida particular, antes dos adeuses oficiais, diante de todos.

Com a cabeça no seu ombro, eu soluçava. E ele me segurou o queixo, ergueu-me o rosto, ficou me olhando longamente. Tinha os olhos cheios de água e os lábios lhe tremiam. Enterrou depois a face no meu cabelo, sufocando a comoção. Afinal murmurou:

— E o que me desespera é não poder guardar você comigo, e não poder lhe exigir que fique...

Não respondi. Se ele me pedisse que ficasse, eu lhe obedeceria decerto, coisa sua que eu era. Mas ele próprio é que nem encarava a possibilidade de me ver ficar e aludia a isso como a um sonho impossível.

Enxuguei os olhos, sorri, acariciei-lhe a face, os cabelos, com os dedos trêmulos:

— Você, um dia, vai me buscar... Ou então, daqui a um ano, eu venho. Nunca mais mude de casa, esperando por mim...

Da sala, o major me chamava, Dona Alice ia e vinha, inquieta. Arranquei-me de junto de Isaac, que ainda me tentou reter e me beijava desesperadamente os braços, os dedos que fugiam. Saí febrilmente do quarto, encandeada, entontecida pelo choro, que me cegava como uma chama nos olhos.

Não olhei mais para a cidade, despedi-me maquinalmente dos amigos, do rancho ruidoso dos rapazes da pensão que me levava ao cais.

O navio largava lentamente, como se nadasse com mãos humanas, mãos de velho, fracas e vagarosas. Apenas meio metro de mar nos separava, e Isaac já estava perdido para mim, perdido, perdido! Mais duas braças de água escura e oleosa, e eu via ainda os olhos dele, e o querido sorriso de todo dia. Bem aos poucos, numa lentidão cruel e medida, tudo foi diminuindo e se perdendo, e por fim até o seu vulto escuro confundiu-se com o cinzento do cais, com a massa imóvel da cidade.

Corri ao camarote e me atirei ao beliche, apertando ainda, de encontro ao casaco, o livro que ele me levara à despedida.

Quando voltei à tolda, nem mais a cidade se via, só uma vaga linha incerta, quase negra, da terra distante.

Fiquei ali até a noite, sentada numa cadeira de pano, sozinha, sem querer ver os pilotos, as mocinhas, e os quatro jogadores de futebol sentados perto de mim, enormes e risonhos, vestidos de pulôveres de lã. Um sino bateu, chamando. As pequenas desceram as escadas dando gritinhos, os futebolistas rodearam-me e esperaram um pouco, afastaram-se depois lentamente.

Encostei-me à amurada, deixei-me estar olhando a água. Por baixo do navio, o abismo sem fundo, sem forma, sem cor, naquela hora sombria. E dava vertigens e arrepios imaginar os terríveis e mortais mistérios, a gelada voragem, que se escondiam naquelas águas tão próximas, sob a leve camada de espuma.

Por cima o céu, sem lua, sem nuvens, era azul e sombrio como o mar, e igualmente distante e próximo, igualmente insondável.

O sino tornou a bater, desci a escada, sentei-me à mesa com os outros.

As meninas continuavam rindo, os pilotos eram alternadamente graves e pândegos. O navio era uma pequena casca de ferro, fumaçando e correndo por sobre centenas de metros de água profunda, negra, traiçoeira, gelada. Mas dentro dele todos riam e comiam, descuidosos e alegres. Qualquer ínfimo peixe anônimo daquele mar era maior, mais forte, nadava mais, circulava livre e seguro naquele hemisfério que, para nós, era só pavor e morte. No entanto, não valiam nada, nasciam e morriam como se brotassem da água e depois se dissolvessem na água, transitórios e inumeráveis como as ondas que se quebram na praia. E nós, fracos, pequeninos, pusilânimes, éramos entretanto homens, obstinadamente cônscios cada um da sua importância e da sua singularidade; identificávamo-nos, procurávamo-nos através de léguas e milhas de terra e mar, amávamos um único, uma pequena unidade de homem, marcada com um nome, amarrada inflexivelmente a leis e deveres de remotas e discutíveis origens.

E há tantos homens, tantos peixes, o mar é tão grande, o pequeno navio corre para tão longe...

O viajante obsequioso, à minha frente, começou a dançar, a oscilar, através da gaze de lágrimas que me empanava os olhos. As palavras que ele dizia zumbiam nos meus ouvidos, confundiam-se com o rumor da orquestra, doíam-me na cabeça; empurrei suavemente o copo de Caxambu que ele pusera à minha frente, levantei-me, disse que me sentia mal, e fui chorar no camarote.

CHEGUEI, TOMEI CONTA do emprego, voltei à monotonia do livro de ponto da repartição, voltei a compartilhar o quarto com Maria José, a olhar, dia de sábado, os enterros ricos que passavam. Introduzi algumas modificações no meu lado do quarto. Tinha trazido do Rio, recortadas duns números de *Vogue*, que Dona Alice comprava por causa dos figurinos, várias gravuras de quadros de Picasso, de Corot, a *Tehura*, de Gauguin. Alinhei novos livros na prateleira, volumes de capa amarela que me falavam de Isaac e de minutos sonhados e perdidos. Mas lia-os pouco, na repartição trabalhava distraída, não apanhava mais o bonde em bando com as colegas, chorava frequentemente, era como se estivesse despaisada, reintegrada à força num mundo de que me evadira; sentia-me como se me obrigassem a voltar à infância, a pular na corda, a rezar o terço ao meio-dia com as Irmãs.

E andava assustadíssima, com medo de ir ter um filho.

O pensamento disso não me abandonava. Em casa, no quarto, já de luzes apagadas, quando Maria José, ao meu lado, ressonava suavemente, eu ficava pensando: que diria ela, que choque, que escândalo! Eu lhe falara de Isaac como dum namorado, dum noivo talvez, sem ter a coragem de dizer a verdade, de lhe dizer até onde chegáramos.

No bonde, sentada no meio das outras pequenas da repartição, ria-me sozinha, pensando amargamente: se elas soubessem, se os rapazes então adivinhassem, se sonhassem ao menos!

E o meu coração era uma confusão dolorosa de coisas ruins e boas, covardes e heroicas. Tinha medo da luta com toda a gente, da dramática e oficial maldição de Madrinha, da surpresa desesperada de papai, do emprego perdido — de tudo que ia desabar por cima de mim, brutal e impiedoso.

Não contava com Isaac. Eu nunca lhe pedira nada, ele nada me prometera, tudo estava distante e interrompido entre nós.

E sentia ternura, curiosidade, alvoroço, essa curiosidade de virgem que só se satisfaz amplamente depois da maternidade e não encara sacrifícios para a satisfazer. Começava a pensar nesse filho, nesse meu filho possível que ainda era apenas uma ameaça, que seria dentro em pouco uma coisa quente e viva dentro de mim: o que seria, sentir as mãozinhas dele me arranhando o colo, dormir com aquele doce peso nos braços?

Um filho, sempre me reclamando, me exigindo, sem o desligamento de Isaac, sem a sua ternura distraída. Que nunca me dispensasse, não pudesse passar sem mim, não me deixasse nunca.

E, pensando nele, em geral perdia o medo.

MORREU A TIA DE JANDIRA, a velhinha que chorou abraçada com ela no dia do casamento. Deixou-lhe uma casa e algum dinheiro no banco.

Fomos visitar Jandira, Maria José e eu, dar-lhe os pêsames, matar saudades. A cidade tão pequena, e a gente se perde de vista tão facilmente! Fazia não sei quanto tempo que não a víamos, desde a época da grande casa velha apalaçada da Rua do Guajeru.

Parece que a vida só chega para cada um tratar de si mesmo e vagamente circular os olhos pelas caras mais próximas. Outro bairro, uma rua distante, e é já outro mundo. E ninguém tem tempo para explorações por terras longínquas.

É esta, pelo menos, a explicação que me dou e que tento dar a Jandira, inventando razões para o nosso afastamento. Ela é que é sempre a mesma, caiu-nos nos braços, começou a falar em si naturalmente, com franqueza e ternura, como nos tempos do Colégio.

Estava feliz, apesar do luto. Feliz, e calma, desafiando o mundo como sempre, mas desafiando-o agora sem o seu sombrio desespero de antes.

Apareceu na sua vida um elemento de alegria e compensação: tem um amante. Contou-nos tudo, talvez para se justificar; disse o que nos escondera naquela última visita: a sua vida miserável com o marido, a degradação dele, a penúria em que vivia, o seu martelar na máquina dia e noite, para garantir o leite do filho.

A herança chegou, trouxe a salvação consigo, ia lhe dar segurança, arrancá-la do trabalho excessivo. Já era tempo: sentia os rins rompidos de tanto se curvar sobre a máquina, e talvez o ceguinho não resistisse por mais tempo à falta de remédios e ao desconforto. E Jandira agora esperava viver, esperava tirar da vida algumas das boas coisas que ela lhe negara sempre.

O outro fora amigo do marido, trabalhava no seu antigo ofício, era bom, generoso, era seu apoio, sua alegria, sua desforra.

Maria José ficava assombrada e sem fala diante daquela confissão. Se seus próprios ouvidos não escutassem!

Jandira ria, serenamente, compreendia o espanto da outra, compreendia e afrontava tudo como sempre. Talvez sentisse mesmo um sabor vitorioso nisso.

Eu, por mim, a aprovava. Ela me apertou a mão, murmurou:

— Eu sabia, Guta. Sabia que você haveria de me entender. Nem devia ter dito nada diante de Maria José.

Maria José baixou a cabeça, aprovou docemente:

— É... eu preferia não saber.

Jandira nos levou para ver o filho. Estava grande, já não passava na rede o dia todo, ficava num pequeno jardim ao lado da casa, alisando com a mãozinha a folha dum tinhorão, ou sentado no batente da varanda, com o gato ao colo, cantando horas seguidas.

Sua vozinha é plangente e monótona. Lembra a voz de cego de esmola, desses de rabeca e cuia. As cantigas de criança, entoadas por ele, parecem benditos de mendigo. Pôs-se a cantar, mal nós entramos, mal Jandira lhe pediu:

— Cante, meu filho. Cante para titia Guta e titia Zezé ouvirem.

*

Longamente fiquei sentada no mesmo batente que ele, ouvindo, sentindo uma atração igual à da outra vez em que o vira na rede, tão calado e contando os dedinhos.

Tinha medo de chorar, mas não queria me afastar dali, presa da estranha fascinação do ceguinho. Não admira que me fascinasse: não há povos selvagens que até os adoram, esses pequenos inocentes, loucos ou cegos, que parecem habitantes de outro mundo, videntes de misteriosas paisagens inacessíveis a nós?

E prendia-me também o pensamento desse filho que talvez se esteja criando dentro de mim, e que pode, por desgraça, ser cego também e cantar, e ser triste e infeliz como aquele.

O menino não falou conosco. Via-se que ele não se interessava por ninguém, além da mãe e do gato.

Os dois eram para ele o brinquedo, a companhia, o calor próximo de vida, a mão que alimenta, a boca que beija, a voz que embala. O resto não tem importância, não tem sequer existência.

CARTA DE ISAAC

Guta MAN TAIRE, man ketsele, man tzigale, *queria lhe escrever na minha língua. É penoso demais para mim exprimir de uma maneira estudada o que sinto por você. Parece que lhe estou mentindo quando digo coisas que preciso traduzir primeiro; elas não saem nuas do coração, como eu quereria, nuas e espontâneas como nasceram, deformam-se e envelhecem ao passar pela gramática e pelo dicionário.*

Até esses doces nomes que eu lhe digo em princípio, que são palavras de amor na minha gente, talvez lhe parecessem ridículos se eu os traduzisse aqui: "minha querida, minha gatinha, minha ovelhinha"...

Por que você foi embora? Eu nunca o consenti e a verdade é que você nunca me pediu. Quem lhe deu o direito de me abandonar?

Estudo pouco e mal, sou um pobre judeu infeliz, de capa surrada, cigarro apagado à mão, passando quase todas as tardes sentado melancolicamente a um banco de jardim. Penso na menina distante que chegou aqui de improviso, deixou que eu a amasse nas noites frias da praia — na minha menina que o mar me deu e que depois carregou. Pobre judeu!

Entro no café, saio logo, porque nada há mais lá dentro. Nem há mais nada nos livros, nem nada mais nos meus discos.

Vou às vezes ao Arpoador e sento no lugar em que nos sentávamos. Mas tudo é feroz e solitário ali, o mar, a noite, as rochas; a saudade de você, me pesando por dentro, é dura, insolúvel, imóvel como uma pedra.

Como viverá você aí longe de mim? Como terá feito a viagem? Suas cartas não dizem nada. Espero que não tenha consentido em ouvir as sandices sentimentais de algum oficial de bordo, encostado à amurada suspirando e olhando o céu ou a espuma na esteira do navio. Prefiro mil vezes que tenha ficado enjoada no camarote.

Aqui todos falam irritantemente em seu nome. É intolerável tanta gente a conhecer, tanta gente se sentir com direito à sua amizade, às suas lembranças.

O major, principalmente. Outro dia me disse que você lhe fazia lembrar Joana d'Arc... Quem sabe por quê?

(Lembra-se dos versos de Villon: 'Jehanne, la bonne Lorraine'? Um dia os lemos juntos, na Biblioteca.)

Por falar em versos, mando-lhe hoje um pequeno volume de André Spire, pobre id como eu, pequeno e solitário, cheio de secretas tristezas.

E, ao me despedir, digo-lhe como ele diz às crianças, num poema que eu lhe peço leia logo: 'Il y a trop de baisers pas donnés entre nous...'

P. S. — Meus negócios com a Inspetoria de Imigração vão cada dia piores. Você sabe que entrei no país com passaporte de turista, que já está esgotado, mas que tenho conseguido ir prorrogando. Tudo depende agora da revalidação do diploma. Há os exames a prestar, o que sempre me causou horror. Não sei o que faço. Tenho medo de ser obrigado a ir embora.

P. S. nº 2. — Onde estão, para onde foram as mulheres deste mundo? Já não enxergo mais nenhuma.

MARIA JOSÉ REZAVA. Rezava o seu exercício predileto, as meditações sobre a Paixão. De momento em momento, tomava o crucifixo nas mãos e beijava uma das chagas da imagem. O Cristo era de gesso, encarnado em cores violentas, com grandes lágrimas de sangue salpicando-lhe o corpo, cachos dourados e olheiras dum roxo de flor. Não parecia um morto, no meio de tantas cores. Porém Maria José o via morto, via a tragédia, e chorava e batia no peito.

Será possível que ela se comova realmente, sofra realmente, só na evocação mental, quase literária, daquele drama longínquo?

Que é piedade, que é caridade, que é amor do próximo? Que é que nos dói na dor alheia, qual a impressão que verdadeiramente nos causam os sofrimentos dos outros?

Por mim, penso que eles só têm importância para nós quando assumem um aspecto direto, imediato, físico: quando se veem.

Diante da ferida aberta dum desgraçado, qualquer coisa, o estômago talvez, revolve-se dentro de mim; a gente ressente o mal físico do outro, sofre com ele. Porém, mesmo isso precisa ser muito brutal, muito visível, para impressionar profundamente. A fome dos outros é sempre, em princípio, uma ideia abstrata. E as ideias abstratas atingem a inteligência, mas dificilmente abalam o coração. É preciso que a gente *veja* a fome, que a gente *sinta* a fome.

Por que Maria José chora? De onde tira ela dores para essas lágrimas? Da morte de Deus, ressuscitado em glória tão depressa, e tudo isso há dois mil anos?

(Só o que nos faz sofrer tem realmente valor de mal para nós. Porque, na realidade, só eu tenho importância para mim mesma; só nós valemos para nós mesmos. Só compreendemos o sofrimento dos outros, só compreendemos "com a carne" quando somos feridos um pouco por ele.)

— Afinal de contas, que é o mal, que é o bem, que é o amor do próximo?

Esperei que Maria José acabasse a longa reza e procurei lhe dar parte das minhas impressões.

Ela abanou a cabeça desanimada:

— Bem que o Aluísio dizia que você é uma força elementar. Como uma pedra, como um bicho. Para que pensa nisso? Que é que você pode entender de alma e de Deus? Por isso é que se atira nos braços dos homens, sem remorsos e sem medo [eu já lhe contara algumas coisas mais da minha amizade com Isaac]. Por isso é que você aprova os desatinos da Jandira. Não tem noção do bem e do mal.

E ela, quem lhe mostra o bem e o mal? Que sabia ela disso, principalmente do mal, pobrezinha que só tinha feito neste mundo magoar os joelhos rezando, cansar a voz ensinando?

— É o que você pensa. Nós trazemos o mal no coração, Guta. A gente instintivamente deseja o mal. E, além disso, tudo em redor de nós é tão sujo! Nem sei o que seria de mim se não fosse a religião me contendo. Parece que me perdia, que me atirava para o pecado, como uma louca. Tenho desejo e medo de tudo.

Fiquei olhando para Maria José. Por que traçava ela esses limites? Como os conhecia tão bem?

Eu, de mim, não sabia mais o que seria um bom ou um mau pensamento. As recordações de Isaac por exemplo? Seriam pecado, talvez, para Maria José. A mim, enternecia-me só o lembrar a nossa felicidade tão curta. E não conseguiria nunca considerar um mau pensamento a lembrança de Isaac.

— Quando penso em meu pai, e na vida que ele leva, perco horas de sono. Tenho vontade de largar tudo, de me arriscar e experimentar essa vida. Desafiar o mundo como ele, me afundar, me acabar. Às vezes tenho medo de mim. Como será o prazer, como será essa outra vida, Guta? E eu bem sei que todo prazer é um pecado.

E eu, eu já não tinha esses sonhos. Conhecer o quê? Homens se debatendo. Não, já não sonho com isso. Talvez eu queira ainda viver — viver certas horas. Para o mais, já gastei minhas curiosidades todas, desiludi-me depressa.

O prazer — e penso logo nas mãos suadas e quentes de Raul, no pequeno automóvel aflito, derrapando na lama, cavando desnorteado um caminho, enquanto eu tinha medo e queria fugir.

E Raul é um daqueles que representam "o mundo", esse mundo que seduz e apavora Maria José com suas diabólicas e proibidas atrações. Tem a sua lenda de mulheres transviadas, a vida aventurosa e boêmia, o lustre das telas e das cores, a sua figura de artista, franzina e romântica.

E para mim, depois que o vi tão perto, ele recorda apenas aquela fala trêmula, o pomo de adão agitado, a narina vibrando — um pequeno corpo magro, faminto e suplicante, miserável. Como era humilde implorando, como era ingênuo no seu furor, desprezível e pequenino!

Maria José ficara imóvel, entregue a mudas divagações. Afinal suspirou energicamente, tornou a ajoelhar, pôs a cabeça entre as mãos e se ligou de novo ao outro mundo.

Da minha cama, calada também, perdi-me a contemplá-la. Só um metro de soalho nos separava. Criadas juntas, vivendo juntas, identificadas nas mesmas afeições. Entretanto, éramos como duas mulheres de nações diferentes e língua estranha. Nem isso, porque de nações diferentes e língua estranha éramos Isaac e eu, e nos entendíamos. É verdade, porém, que eu o amava.

Estendi a mão, encontrei a pera, fechei a luz. Dormi depressa, sem achar pecados em que pensar. Acordei mais tarde, assustei-me com um vulto inclinado junto à cama de Maria José. Era ela, que ainda rezava.

Punia-se, naturalmente, pelos gozos terríveis que o seu coração desejava, pelos maus desejos que teimava em alimentar. Como se eles existissem, Maria José. Como se as coisas ruins não fossem apenas ruins — sem poesia nem beleza. Mesmo o grande pecado, o de seu pai, será realmente pecado? Você o olha como a um réprobo, e chora e reza por ele. Ele vive como pode. Por que o julga? Quem sabe, neste mundo, onde estão os culpados? Quem sabe mesmo se há culpados?

E no entanto ela acha direito a desigualdade, a miséria a doença. Não se revoltou quando foi comigo à Santa Casa e viu os doentes apodrecendo pelas camas, cheirando mal, de barriga inchada, mãos esqueléticas, pele verde de mortos.

Maria José acha direito a carrocinha de cachorros. Acha direito Dona Júlia dar bolos na molequinha que leva as marmitas. Afinal de contas, quem ensinou a ela o que é o mal?

Mal será aquilo que dá a impressão de estar errado? Por exemplo: a carrocinha de cachorros, como eu já disse. As histórias de guerra: os rapazes bonitos e jovens que morrem estripados pelas baionetas, que se despedaçam debaixo da metralha.

Outro dia vi num jornal de cinema o bombardeio de uma cidade chinesa. A máquina focalizou um recanto de rua, ao pé de uma porta. Caíra uma bomba, o povo corria, e só se viam pernas em movimento, pernas enlouquecidas fugindo. Sentado num batente, um pequenino abandonado gritava. O povo passava, ninguém o ouvia, ele uivava de pavor, metia as mãozinhas na boca, tornava a gritar, girando a cabeça e os olhos para todos os lados, para a gente que corria sem o ver.

Tinha a cabeça ferida, talvez não soubesse andar ainda, e o seu pequenino coração devia naquele instante concentrar todo o terror do mundo. Sozinho no meio das bombas, dos destroços, sem mãe, sem ninguém, esquecido.

Pobre chinesinho, abria dramaticamente os braços, tentando agarrar as pernas que corriam. Quem o terá socorrido? Não o fotógrafo, carregado com a máquina, entretido a colher outras vistas. Quem afinal terá parado junto dele, compadecido da sua cabecinha ferida, do seu cego desespero de filhote abandonado?

EM CASA DE GLÓRIA lembrávamos as amigas perdidas. Falávamos em Violeta, aquela que se perdeu, e as outras foram surgindo:

"Vovó" Aurinívea: tinha a fala rouca e apagada, era doce e paciente, como uma velhinha. Foi ser Irmã, dizem até que está tísica.

Aurinha: cabelo cacheado, espinhas no rosto, caprichosa, romântica, imaginação desenfreada. Só conversava em coisas estranhas e inacessíveis, a Legião Estrangeira, o haraquiri, os conventos dos Alpes no meio das neves eternas, os leprosos da Idade Média. Também foi ser freira. Que outra coisa, senão o divino, lhe poderia dar os seus mundos impossíveis? Recebeu o hábito na Casa-Mãe, em Paris, e de lá foi para uma missão na Indochina. Talvez realizasse o seu sonho; creio porém que já está desiludida lavando e catequizando os chinesinhos sujos e obstinados. Ou talvez sonhe agora outras coisas. A Ásia deve ser fértil em miragens.

Marília — Marília, tão lenta, feia e boa, com a sua aparência de calma segurança e interiormente cheia de grandes ternuras e impulsos apaixonados. Casou por amor, mal saída do Colégio, com um rapazinho de bigode e costeletas, galã juvenil do grêmio teatral do bairro. Morreu de tifo, dois meses depois de dar à luz uma filhinha.

Fui vê-la na casa de saúde. Morria e não dava por isso, agarrava-se às mãos do marido, perguntando, já com a fala atrapalhada pela morte: "Válter, engomaram seu terno branco?"

O viúvo casou outra vez, com uma moça bonita e magra, de cabelo platinado. A guria é feia e triste, igual a Marília; e herdou o seu coração apaixonado. Adora a madrasta, que se desespera por fazê-la mais bonita, põe-lhe grandes laços vermelhos no cabelo, vestidinhos bordados, alpercatas rendadas. Encontrei-as na rua, outro dia. A madrasta caminhava depressa, numa rajada de perfume, a pequena trotava atrás, deslumbrada e ofegante, sem despegar a vista da loura figura que a arrastava. E, nos seus olhinhos ternos, parecia-me ver a mesma expressão dos olhos da mãe, morrendo.

*

Conversávamos essas coisas no quarto de Glória. Eu embalava o filhinho dela, e a doce respiração da criança me aquecia o peito. Só de olhá-lo, de o ninar assim nos meus braços, sentia-me calma e feliz, cheia de esperança e carinho, esquecida de todas as minhas mágoas, como numa antecipação de consolo.

Como cheirava bom, como era macio e cor-de-rosa! Mais bonito do que uma flor, do que uma fruta, do que as coisas mais bonitas e ingênuas.

Glória simulava escutar Maria José, mas não tirava os olhos de mim e do filho. Talvez tivesse ciúme daquela sensação de felicidade que a presença do pequeno me dava: ou talvez, como nos velhos tempos do namorado, quisesse repartir comigo o peso excessivo de ternura que a abafava.

De repente o pequenino acordou, pôs-se a gritar; furioso, como se eu tivesse espinhos no colo, ou minhas mãos lhe fizessem mal.

Era a hora dele. Glória abriu o quimono, estendeu-me os braços. Entreguei-lhe o menino, com o coração apertado, sentindo uma vontade absurda de chorar, como se lhe estivesse entregando todas as minhas esperanças, a minha felicidade e o meu consolo.

ADOECI. TIVE FEBRE, delírio, dores terríveis.

É Dona Júlia quem me trata, quem me põe o saco de gelo sobre o ventre, quem me dá o chá amargo e fumegante, quem me troca a roupa de cama de vez em quando.

Creio que compreendeu tudo. Por isso não chamou médico. Por isso afastou Maria José do quarto e se instalou ao meu lado, silenciosa, vigilante.

No dia das grandes dores, quando eu me agarrava nos seus braços, desvairada, e gemia, e pedia a morte, ela me dizia, tristemente:

— Minha filhinha, minha filhinha, que é que você andou fazendo?

Mas foi a sua única recriminação. Nunca mais me perguntou nada, nem fez censuras. Às vezes fica parada, me olhando; mas quando vê que eu notei, e também a fito, vira a cabeça para o outro lado, disfarça, enxuga silenciosamente os olhos na manga do casaco.

Uma noite eu chorava, num desconsolo medonho, a cabeça enterrada no travesseiro, os soluços me sacudindo toda.

Dona Júlia entrou no quarto, aproximou-se mansamente da cama. Longo tempo me alisou a cabeça, sem dizer nada. Por fim, murmurou:

— Pobrezinha, você não é culpada de não ter mãe...

Maria José, que talvez suspeite também de alguma coisa, parece fugir de mim. Chega da rua, entra rapidamente no quarto, põe-me a mão na testa ou me dá um beijo ligeiro; alega uma novena na Sé, ou uma aula de catecismo, e vai embora.

Creio que tem medo de uma explicação entre nós, medo das terríveis coisas que ela prefere ignorar.

O mundo é tão sujo e triste! Para que saber de tudo? Pobre da Guta, meu Deus do céu, quando é que ficará boa? Que seja logo, e se converta e crie juízo! Minha Nossa Senhora, por que não a guarda melhor?

Tinha eu alguma intenção secreta quando me deixei arrastar por Maria José ao parque de diversões? Desde a véspera me sentia doente, com dores vagas aqui e ali, uma tontura, um mal-estar que eu não sabia bem donde vinha.

Mas não disse nada, fui com ela; pintei-me violentamente, disfarcei com a tinta a cor arroxeada das olheiras, as faces descoradas e mórbidas.

A roda-gigante girava lentamente, fazia um medo, um medo tão grande! Parava lá no alto, a cadeirinha ficava balançando como um fruto no espaço; eu sentia uma vertigem, parecia-me que ia cair dali, e o susto era tão grande que me doía nas entranhas.

Depois rodopiei loucamente no chicote, abalroei com furor nos pequenos automóveis da autopista. A cada pancada sentia qualquer coisa me fazer mal lá dentro, uma coisa pesada e penetrante.

Devia parar, queria erguer a voz para pedir que parassem Mas não ousava, deixava-me ir ficando, entregava-me ao destino que me quisera trazer até ali.

Maria José parecia uma criança, cabelo ao vento, rindo, gritando meu nome.

O chicote tangenciava o bar, numa das curvas. Ao passar ali, ouvi um bêbado indignado gritando: "Isto é um crime!"

Encolhi-me assustada na cadeira.

— Crime? Se fosse um crime, Maria José me chamaria assim tão inocente, tão alegre?

E eu continuava a ir, rodava mais, ria com ela, deixava-me arrastar loucamente, fechando apenas os olhos a um choque mais brusco, que me abalava toda.

Certos momentos despertava, queria saltar, salvar-me, fugir dali. Mas pensava logo que eu não fazia nada, não agia, deixava--me apenas levar pela vontade dos outros. Não era crime. E o bêbado já fora embora, gesticulando violentamente entre dois alemães abrutalhados que o arrastavam para fora.

Foi-se embora para sempre o pobre pequenino. Quem sabe não teria os mesmos olhos azuis de Isaac?

Nem mesmo chegou a ter olhos, coitadinho.

VOU PARA O SERTÃO, para casa. Já vai querendo ser noite; o trem corre por entre massas confusas que eu não reconheço, onde entrevejo casas, árvores, talvez a sombra dos serrotes gigantescos.

Sinto-me cada vez mais triste, doente e só. No lugar junto ao meu viaja uma senhora jovem, gorda e ruidosa, com uma criança no colo. Defronte vai o marido, com o filho maior ao lado. Eu procuro fugir da intimidade invasora deles, engolfo-me na janela, na paisagem engolida pelo crepúsculo.

O casal fala, combina coisas, às vezes se disputa baixinho; a moça fica olhando longamente as minhas mãos pálidas e emagrecidas, com o pequeno anel de mamãe escorrendo dedo abaixo, o meu rosto descorado e tristonho, o meu todo cansado e doentio.

O ar pesado do trem sufoca e cheira mal. Os pequenos agora choram e se aninham contra a mãe.

A cabeça me dói, o coração me dói, tudo dói. Penso em Isaac. Quanto mar, e terra, e gente viva, entre nós! Parece que ainda vejo as suas mãos, ainda ouço o seu riso, a sua fala estranha e grave. Que fará ele longe de mim, na sua terra tão distante, enquanto o trem se afunda sertão adentro? Cada segundo são mais alguns metros de trilho que se avançam. E é mais uma probabilidade que eu perco de o rever. Para quem tocará ele os seus discos? Na minha bolsa guardo as suas quatro cartas. Como são mortas, agora, inexpressivas e vazias! De que servem palavras escritas? Valem menos do que qualquer das palavras ditas, do que todas as queridas palavras que o vento do mar carregou. Que me adianta guardar cartas antigas? Não posso prender os beijos que ele me deu.

O trem penetra no sertão, na noite, na fuga. E eu vou com ele, vou dentro dele, sou parte dele. E Isaac está longe, tão longe que não posso imaginar bem onde é, sem pensar em confusas perspectivas de escalas e cartas geográficas. Tão longe, que para me figurar essa distância nenhuma imagem familiar me basta, e preciso pensar em números.

Agora, cada um voltou ao seu meio, cada um se reintegra na sua paisagem, e se perde do outro mais completamente. E houve momentos em que ele estava tão próximo, tão próximo, o seu rosto tão junto do meu que eu nem o enxergava mais, como se ele já fizesse parte de mim mesma.

Houve um momento em que tudo nos parecia comum, igual e, principalmente, imutável. Parecia que tínhamos atravessado tudo, mares, distância, pátria, idioma, para aquele encontro fatal e definitivo, guiados por um destino escondido e seguro que preparara a nossa reunião.

Tudo parecia realizado e completo. E ele não queria pensar no futuro, eu não ousava.

E, afinal de contas, fora só um momento. E esse momento passou. Cada um voltou a ser o que era antes, e nunca mais, decerto, nos veremos.

O trem vai atrasado e vagaroso. A noite fechou de todo, melancólica e cinzenta, como a caatinga, donde ela sobe.

Fujo do meu lugar, atravesso o corredor, chego à plataforma do carro, que é o último.

A estrada vem de dentro da sombra, como se nascesse subitamente do horizonte próximo, entre a mata e o céu, céu límpido, sem nuvens, sem lua, só com as estrelas.

Olho as Três-Marias, juntas, brilhando. Glória reluz, impassível, num raio seguro e azul. Maria José, pequenina, fulge tremendo, modesta e inquieta como sempre. E eu, ai de mim, brilho também, hei de brilhar ainda por muito tempo — e parece que a minha luz tem um fulgor molhado e ardente de olhos chorando.

E nem sei quanto tempo hei de ficar ainda, sozinha e desamparada, brilhando na escuridão, até que minha luz se apague.

Posfácio

Uma nota biográfica

Elvia Bezerra

"Livro de feição autobiográfica", foi como Mário de Andrade se referiu a este *As três Marias*, de 1939. De fato, toda a ambientação e personagens do livro se relacionam com a autora. A ação se inicia no tradicional Colégio da Imaculada Conceição, em Fortaleza, onde Rachel de Queiroz chegou para estudar, aos doze anos de idade, vinda da sua fazenda em Quixadá. Nascia, desse modo, a primeira das três Marias. Ali fez amizade com duas colegas, Odorina Pinheiro Castelo Branco e Alba Frota, que se tornariam amigas até o fim da vida e inspirariam as outras duas Marias.

O elemento de realidade, que reconheço porque, também eu, fui aluna do Imaculada, como o chamávamos, se evidencia logo no início da narrativa, na descrição que a autora faz do Colégio: "Ao centro do pátio, ficava o caramanchão cheiroso do jasmineiro e dentro dele, no fresco e no sombrio do verde, a imagem de uma moça de vestido branco e pés nus — uma Nossa Senhora bonita e triste."

Igualmente fiel à arquitetura conventual é a descrição das salas de aula que circundavam o pátio e as muitas janelas externas que davam para a praça da Escola Normal, escola pública, bem em frente, onde entravam e saíam as alunas daquela instituição. De saia vermelha, simples, chegavam de ônibus, contrastando com as de saia azul-marinho que saltavam de carros modernos, muitas vezes com motoristas, no particular, e caro, Imaculada Conceição.

Quem eram as meninas que inspirariam as personagens de *As três Marias*? É natural que se queira saber a origem do trio de moças, sem esquecer que, tratando-se de ficção, Rachel de Queiroz usou de franca liberdade para mudar o destino das amigas, em alguns trechos do romance dotando as personagens de traços de personalidade originais das colegas, mas criando-lhes outros, de modo a construir novas personalidades.

Nem por isso se deixa de, com facilidade, reconhecer em Maria da Glória a aluna Odorina Pinheiro Castelo Branco, que veio ao mundo em 25 de agosto de 1908. Quase toda ela está em Glória, a personagem do livro.

Odorina era filha de Odorico Castelo Branco e Arina Pinheiro Castelo Branco. Órfã de mãe com poucos dias de nascida, e de pai aos doze anos de idade, chegou ao Colégio da

Imaculada Conceição, onde também sua mãe tinha estudado, mediante um documento em cartório, no qual o pai deixava assegurado o destino financeiro da filha, e uma carta à madre superiora, escrita quando ele já se sabia muito doente:

> Escrevo-lhe desejoso de viver; mas o faço prevenindo a morte que não diz quando vem e infalivelmente virá. E, como não sei quando seja isto, não datarei a presente, a fim de que se considere como datada do dia em que lhe for entregue.
>
> Devo ao estabelecimento que a boa irmã dirige os poucos dias de minha ventura pois foi aí que se formou o espírito, o caráter, o coração daquela que, por estes predicados, trouxe ao meu lar felicidade completa, ainda que passageira.
>
> Como lembrança desses dias felizes, a penhor da fidelidade à querida memória de um anjo que se foi, tendo uma filhinha que será duplamente órfã quando este papel for levado ao seu destino.
>
> [...]
>
> Sei qual é a moral que aí se ensina e estou certo de que, sob este ponto de vista, não poderia colocar melhor minha filhinha. [...] Tenho confiança de que este meu pedido será atendido logo que a presente lhe seja entregue, e sei que minha Odorina crescerá no amor da virtude e do bem.

Como se vê na foto reproduzida nesta edição, Odorina Castelo Branco usava no peito um medalhão com os retratos dos pais, o que tornava a sua orfandade ainda mais eloquente. A romancista não deixou de ficcionalizar esse drama, por meio de alguns trechos que reproduzem a realidade. Veja-se este:

> Glória usava no peito um broche com um medalhão de duas faces. De um lado o retrato de uma moça bonita, sorrindo; do outro, um homem de olhos enormes e cheios de tristeza, com a cabeleira preta lhe fazendo cachos pela testa grande. Dois retratos de mortos, pois Glória era órfã.

"Do alto do seu drama, abafando todo o mundo com a sua infância de romance", descreve Rachel a personagem de Glória em *As três Marias*, tal qual a colega órfã.

Se a infância de Odorina tinha sido de romance triste, ou mesmo trágico, na vida adulta ela protagonizaria heroína de conto de fadas. Conto que se alicerçou em fé adolescente. É que, desde o primeiro dia em que entrou na capela do Colégio, Odorina implorou à Virgem Maria: "Minha Nossa Senhora, dai-me um feliz casamento." Repetiu essas palavras com constância feroz durante todo o primeiro ano do internato, até que, no seguinte, uma colega, Alacoque de Sá Barreto Sampaio, convidou-a para passar férias em sua casa na cidade de Barbalha, região do Cariri, no sul do Ceará.

Passeio autorizado pelas freiras, Odorina correu à capela para lembrar à Virgem Maria que era chegada a hora de lhe mandar o noivo: Alacoque tinha seis irmãos homens, e um deles deveria ser seu — pensava a convidada, que registraria as memórias em um livrinho escrito para os netos, intitulado *Um minuto de silêncio*.

Deu-se conta de que a Virgem a tinha atendido quando, à noite, em torno do piano da sala de Alacoque, começou a tocar uma peça, de Schubert, ao violino. Naquele momento, ouviu, na escada atrás de si, o som de uma flauta que a acompanhava. Era Leão Sampaio, médico e o irmão mais velho da colega anfitriã.

Violino e flauta se juntariam para sempre: em 8 de setembro de 1926, em Fortaleza, Odorina e Leão Sampaio se casaram. Não muito distante da realidade, Rachel de Queiroz reinventou assim, na ficção, o casamento: "Para Glória, era como se nascesse naquele dia, e nascesse sem dor, vestida de seda branca, amando, sendo amada, e à espera de incomparáveis delícias", transpõe a autora de *As três Marias*.

Os olhos pretos, grandes, que se veem nas fotos de menina e na do casamento, mostram que Odorina era mesmo rutilante, tal qual a Glória do romance. Na sua vida em Barbalha, construiu uma família de treze filhos, criados em ambiente de austeridade e ternura. Seu coração era o mesmo que Rachel descreveu em *As três Marias*: "despótico, generoso, apaixonado" — é como o vê a filha, Margarida Castelo Branco.

Em 1946, Odorina mudou-se com a família para o Rio de Janeiro, onde o marido seguia a carreira de político. Foi eleito deputado federal. Rachel, que já morava na cidade desde a década de 1930, acompanhou a trajetória dos filhos da amiga e esteve sempre perto dos Castelo Branco até a morte de Odorina, em 1992.

"Pequenina e tremente" é como a autora de *As três Marias* descreve a personagem Maria José, que se inspira em Alba Frota, nascida em 17 de setembro de 1906. Ao chegar ao Colégio, a menina não ocultava o drama familiar em que vivia: o pai, Otavio Menescau da Frota, abandonara os oito filhos e a mulher, Maria Mesquita Frota, em uma boa chácara no bairro da Maraponga, em Fortaleza.

No livro, Alba é retratada como uma mocinha excessivamente recatada e religiosa. Foi, na vida real, talvez a amiga mais próxima de Rachel. Era educada e culta, religiosa como a Maria José do romance. Frequentava os meios literários de Fortaleza e do Rio de Janeiro, e, como arquivista chefe do Serviço de Documentação da Universidade Federal do Ceará, reservou grande parte de sua devoção para colecionar material publicado na imprensa relativo à obra de Rachel. Além disso, registrou valiosíssimas anotações biográficas da amiga escritora, que hoje integram a Coleção Alba Frota no Arquivo Rachel de Queiroz, no IMS.

Das três amigas, esta foi a que teve destino trágico. Morreu no dia 18 de julho de 1967, no mesmo acidente aéreo que vitimou o ex-presidente Castelo Branco, quando ambos voltavam da Não Me Deixes, fazenda de Rachel no município de Quixadá.

Pouco depois, a escritora homenagearia a amiga na crônica "Albinha", reproduzida no encarte de fotos desta edição: "Sem ser ela própria uma escritora", escreve a cronista, "tinha por toda expressão literária uma devoção quase religiosa. Eu lhe dizia brincando que papel impresso era para ela como palha benta — e era verdade".

A terceira Maria é a própria Rachel de Queiroz, Maria Augusta, a Guta, do romance. Seu destino é conhecido de todo o Brasil. Casou duas vezes: a primeira, com o bancário e poeta José Auto, com quem teve uma filha, Clotildinha, que viveu menos de dois anos. No segundo casamento encontrou o grande companheiro e amor de sua vida, o médico Oyama de Macedo: "Vivíamos uma solidão a dois", diria ela.

Na justificativa da escolha do título, explicada nas primeiras páginas do romance, a autora atribui às freiras o apelido As três Marias dado a ela, a Odorina e a Alba Frota. Como andassem sempre juntas, uma das religiosas comparou-as às três estrelas da constelação de Orion, que se destacam alinhadas e reluzentes no céu:

> À noite, ficávamos no pátio, olhando as nossas estrelas, identificando-nos com elas. Glória era a primeira, rutilante e próxima. Maria José escolheu a da outra ponta, pequenina e tremente. E a mim coube a do meio, a melhor delas, talvez; uma estrela serena de luz azulada, que seria decerto algum tranquilo sol aquecendo mundos distantes, mundos felizes, que eu só imaginava noturnos e lunares.

O livro termina: "Olho as Três Marias, juntas, brilhando. Glória reluz, impassível, num raio seguro e azul. Maria José, pequenina, fulge tremendo, modesta e inquieta como sempre. E eu, ai de mim, brilho também, hei de brilhar ainda por muito tempo — e parece que a minha luz tem um fulgor molhado e ardente de olhos chorando."

Em nada essa descrição se distancia da realidade.

FORTUNA CRÍTICA

As três Marias[1]

Mário de Andrade

Com seu novo romance de *As três Marias*, Rachel de Queiroz parece entrar num período de cristalização da sua arte. E o impressionante nessa cristalização é que a romancista se liga, com este livro, a uma das mais altas dentre as nossas tradições romanescas, a de Machado de Assis. Ora, isto eu creio absolutamente inesperado. Apesar de todos os elementos de simplicidade e clareza da sua expressão linguística, não se poderia prever na personalidade apaixonadamente interessada pelos problemas humanos da autora de *O Quinze* tão curiosa mudança de ângulo de visão.

A romancista não perdeu com isto nenhuma das qualidades que a salientavam dentro da novelística brasileira, e creio mesmo que jamais se apresentou com técnica tão segura e pessoal.

---

[1] Escrito em 17 de novembro de 1939 e incluído desde a primeira edição em *O empalhador de passarinho*. São Paulo: Livraria Martins, 1946 (e não 1944, como tem sido divulgado).

O seu estilo, sem o menor ranço de passado, atinge agora uma nobreza que se diria clássica em sua simplicidade e firmeza de dicção. O único receio que me deixa a sua maneira de dizer é quanto ao abuso de palavras geminadas, principalmente qualificativos. "Ele é quieto e macio como um gato, tem uns grandes olhos verdes curiosos e tristes que transbordam lágrimas à menor comoção, como se, tão verdes e límpidos fossem..."; "até dormir exausta e desarvorada, rolando a cabeça dolorida, sem repouso, no travesseiro quente e duro".

O hábito não chega a ser defeito, pois a escritora não insiste nele com nenhuma penúria expressional, mas como se repete com bastante frequência, descoberta a facilidade, esta persegue o leitor e desperdiça a inocência com que se deve ler. Em compensação, raro tenho surpreendido em nossa língua prosa mais... prosística, se posso me exprimir assim. O ritmo é de uma elasticidade admirável, muito sereno, rico na dispersão das tônicas, sem essas periodicidades curtas de acentos que prejudicam tanto a prosa, metrificando-a, lhe dando movimento oratório ou poético. As frases se movem em leves lufadas cômodas, variadas com habilidade magnífica. Talvez não haja agora no Brasil quem escreva a língua nacional com a beleza límpida que lhe dá, neste romance, Rachel de Queiroz. Outros serão mais vigorosos, outros mais coloridos — nem estou com a intenção mesquinha de salientar por comparação e diminuir a ninguém. Estou apenas exaltando a limpidez excepcional desta filha do luar cearense.

Dentro desse admirável estilo, Rachel de Queiroz vazou agora a sua visão nova, fundamente desencantada dos seres e da vida. Estudando três Marias, em suas existências diversas, compôs um romance de feição autobiográfica, por estar escrito na primeira pessoa. Livro triste, denunciando uma vida social bastante imperfeita e seres incapazes de se realizar com firmeza psicológica, embora viva nestas páginas a generosidade sempre pronta da mulher. Se trata mesmo duma obra muito feminina, em que se confessa toda a delicadeza irritável, todo o drama de solidariedade, toda a fraqueza satisfeita de si, de uma alma de mulher.

O aspecto mais curioso talvez dessa feminilidade está na aparente "falta de imaginação" com que a escritora mata mulheres no romance. Várias delas morrem de parto, pelo menos três. O parto parece estar para a escritora em íntima conivência com a morte. Aliás, para Maria Augusta, que é quem conta a história, essa ligação do parto com a morte é impressionantemente legítima, pois que ela perde o filhinho nasciituro. Não morre ela, mas o filho. E, assim perturbada com violência em seus instintos maternos, Maria Augusta como que se sacrifica, matando no parto as outras mães do livro. Não tem ânimo para lhes matar os filhos (que é a imagem que a persegue), antes se salva neles prolongando nos filhos das outras a sua maternidade frustrada. Mas a imagem da morte se mantém irresistível, ligada à do parto, e temos uma "transferência", como se diz em linguagem psicanalítica. A morte se transfere para as mães, e estas se consomem no grave sacrifício de fazer a existência nova. É possível que essas mortes tenham existido mesmo, pois que o livro é de feição autobiográfica. Não importa. É incontestável que Maria Augusta comete vários matricídios, em que ela mesma se morre pra salvar o filho que morreu.

Outro dado importante da feminilidade do livro é uma tal ou qual fraqueza vingativa no analisar os homens e buscar compreendê-los com maior exatidão. Não nos esqueçamos, no entanto, que se trata da mesma artista que desenhou João Miguel com tão poderosa humanidade. Mas agora afirma coisas assim:

> Talvez os homens usem as ternuras do amor como empregam os "encantado em conhecê-la" na rua. E é a nossa ingenuidade inexperiente que descobre confissões e protestos no que não é mais do que uma cortesia corriqueira. O abandono feliz do fim, a entrecortada febre de antes, as exclamações incoerentes e comovedoras, quem as dita é talvez a carne satisfeita, não é o coração amante.

É verdade que a analista põe tudo num dubitativo inquieto, mas não será este o único instante em que ela se vinga do eterno masculino, lhe penetrando pouco ou mal a incapacidade de grandeza. O penumbroso Isaac, o tímido suicida, o próprio pintor, e ainda o pai incompetente que aparece em meio à ternura de magnífica intensidade com que Maria Augusta evoca a infância e a mãe, são bem figuras incompletas e bastante sem dor. E, para engrandecer o pai de Maria da Glória, a romancista o amansa desagradavelmente, fazendo ele permitir que a filha o chame de "mãe"! Talvez só haja um homem bem homem no livro: o Romeu que rouba a moça, contra tudo e todos. Mas desse a escritora só nos mostra um braço!... São homens fortemente incapazes, figuras de... vingança, entre mulheres nítidas.

Em compensação estas vivem com riqueza esplêndida, todas descritas com uma segurança de análise, uma firmeza de tons, uma profundeza de observação verdadeiramente notáveis, num equilíbrio perfeito de estilo e concepção, a escritora não se desdobra em análises psicológicas pormenorizadas. À simplicidade direta do seu estilo corresponde a simplicidade direta da análise. Jamais esta se compraz em escarafunchar os milhões de alcovas escuras ou escusas do coração humano. Estas mesmas alcovas que obrigaram um Proust e o Joyce da grande época à sua fraseologia tortuosa e labiríntica. A análise de Rachel de Queiroz é curta e incisiva, à maneira de Machado de Assis. E lembra mesmo invencivelmente o Mestre, mais que seus imitadores.

Não creio tenha havido, na artista do Norte, qualquer intuito de se filiar à tradição de Machado de Assis. Em seu novo desencantamento, porém, em sua liberdade nova de contemplação, a escritora atinge às vezes expressões que se diriam de Machado de Assis. "Não adianta desenterrar defuntos velhos. Nem novos, naturalmente", diz ela. Neste, como em alguns casos mais, a coincidência chega a lembrar identificação. Mas não é nessas observações itinerantes que a romancista se filia com mais profundeza à tradição ficada. Muito mais importante me parece verificar que ela dignifica essa tradição com a sua excepcional agudeza de análises. Assim, ao comentar o suicida, Maria Augusta escreve: "Em nome de que direito se introduzira assim brutalmente na minha tranquilidade, por que arrastara consigo a sua alcova dramática, a parentela acabrunhada, e viera morrer dentro da minha vida?" Eis outro passo colhido ao acaso: "No entanto, não o reconhecia agora, porque talvez a cara dele era outra, e a gente tem uma feição especial para cada sentimento e cada sensação." E esta delícia: "Na morte voluntária, o que sempre me apavorou naquele tempo como hoje é essa tragicômica publicidade que a reveste. E a mim, que sempre tive tão profunda aquela necessidade da morte, sempre me inspirou horror a ideia de dar espetáculo, para a plateia que fica, do odioso sensacionalismo do gesto, que é como um impudor póstumo." São estes, e poderia citar muitos outros, momentos excepcionais de observação percuciente, que Machado de Assis se sentiria feliz de ter escrito. Rachel de Queiroz prolonga realmente, mais que os imitadores, uma grande tradição da cultura nacional.

E a enriquece. Entre todos quantos, bons e ruins, se filiam a Machado de Assis, se nenhum alcançou a perfeição expressional de Rachel de Queiroz, nenhum também, todos ensimesmados como o Mestre, soube acrescentar à corrente o que mais lhe faltava: o perdão. Rachel de Queiroz está longe, pelo menos neste seu livro, de ser uma *humourista*. Ela não evita a solidariedade humana. Se não castiga mais tanto, como nas paixões irritadas que lhe ditaram os livros anteriores, sabe se conservar sempre intensamente comovida e comovente. Não se excetua no mundo pela ironia, não se ressalva da inenarrável estupidez humana pelo *humour*, pela impiedade, pela superioridade que não se mistura. Ama e lastima. Sofre e se vinga, não raro a lágrima tomba das suas frases agoniadas, feito o pingo de orvalho fecundador.

Este livro de Rachel de Queiroz é uma festa humana, naquele melhor sentido em que a beleza e a arte são sempre um generoso prazer. Festa completa e complexa, em que, dentro da libertação contemplativa e criadora, temos conosco sempre uma alma de carinho, alegre e dolorosa, profunda, sofredora, compassiva, grave. A gente sai do livro certo de que a vida é maior que as verdades do momento, piedoso, com vontade de agir, de modificar, de surpreender as realidades que estão acima das contingências da hora. Pegar a vida assim, e eternizá-la, pois que tanto pode a arte verdadeira — esta vida que, em sua efemeridade, é a única coisa eterna do mundo... ninguém distribui certidão de obra-prima. Em todo caso, *As três Marias* de Rachel de Queiroz me parece uma das obras mais belas e ao mesmo tempo mais intensamente vividas da nossa literatura contemporânea.

17 de novembro de 1939.

As três Marias[2]

Fran Martins

A carreira literária de Rachel de Queiroz tem sido um caminho de vitórias. Estreou com rara felicidade e foi acolhida pela crítica, logo com o seu primeiro livro, de uma maneira verdadeiramente consagradora. Poucos foram os intelectuais brasileiros que não tiveram algumas palavras acerca de *O Quinze*. E nesse tempo Rachel tinha somente dezenove anos.

Os outros livros foram outros tantos sucessos. *João Miguel* e *Caminho de Pedras* robusteceram o prestígio da novelista da seca. Rachel ficou consagrada um nome nacional. Já houve mesmo até quem dissesse: "O maior romancista nacional."

De forma que estava sendo bastante esperado, e com justa razão, este novo livro em que a escritora prometia algo de diferente na sua maneira de narrar e mesmo no fundo do romance.

---

[2] Publicado na coluna "Movimento Literário" do jornal cearense *O Estado*, em 1939. Arquivo Rachel de Queiroz/Instituto Moreira Salles.

Como se sabe, os livros de Rachel de Queiroz, até hoje, estão povoados de personagens cujos destinos são gritos ou imprecações contra a vida que se apresenta de uma rudeza espantosa. Destinos cortados, voos interrompidos, esses homens e essas mulheres não podem nem poderiam seguir uma linha reta na sua vida porque os seus gestos eram incompreendidos ou os seus gritos morriam nas gargantas. Tipos exóticos, a que a gente criava um certo amor pelo sofrimento que eles encerravam, pelos olhos tristes que poluíam e pelos atos não realizados que se sabia desejavam fazer, em certos momentos muito se assemelhavam conosco, pareciam mesmo uma cópia fiel das nossas dores transposta para aqueles seres que se buliam angustiados sem palavras suficientes para traduzir toda a sua aflição.

Em *As três Marias* Rachel de Queiroz se revela uma escritora diferente, sem o pensamento voltado para ideologias avançadas, sem grandes tipos ou lances emocionantes. O livro decorre em uma atmosfera de simplicidade em que raramente se consegue uma emoção maior, pois a escritora parece não procurou os dramas mais impressionantes da sua vida para estas páginas, e sim foi narrando, ao sabor dos acontecimentos banais, tudo o que ocorria a essas três meninas que tinham destinos tão diferentes.

Essa a razão por que eu tanto estranhei o novo livro de Rachel de Queiroz. Nos livros anteriores ela sempre não conseguiu controlar os nervos quando se referiu a um ato de grande emoção, como por exemplo a morte do guri, em *Caminho de pedras*, que para mim continua a ser a mais bela página escrita pela romancista de *O Quinze*. O livro atual é um livro plano, horizontal, com as emoções medidas, com aquela vida rala dos colégios internos, vidas que geralmente a gente supõe muito emocionantes, com lances dramáticos de meninas esquisitas, e no entanto ela nos conta com tanta simplicidade que nos desperta mais simpatia do que curiosidade natural de quem lê cenas passadas em ambientes femininos.

E o que é admirável neste livro é a romancista conseguir nivelar essas vidas dando-lhes destinos diferentes, conseguir irmanar as três Marias e no entanto distinguir a alma de Maria Augusta da de Glória e estas da de Maria José. Nenhuma semelhança existe entre estas três jovens que parecem contudo ter as mesmas aspirações e sonham com o mesmo futuro. Rachel de Queiroz teve talento para fazer essa grande obra, e o seu livro cresce de valor pelas frases simples que encerra. Na verdade é maior que os outros publicados — e podemos mesmo dizer que é um dos maiores livros deste ano.

Mas eu ainda estou na esperança de que Rachel nos pode dar um livro mais sentido. Sei que a crítica em peso exalta o presente romance e sei o que isso representa para um romancista. Mas, depois de ler este livro, fiquei cismando de que não era bem isso o que Rachel queria dizer, que outras histórias bem mais interessantes estavam prestes a surgir neste livro. E mesmo não houve no presente romance uma cena em que se notasse que a escritora punha toda a sua alma em descrevê-la, como aconteceu com a citada morte do guri, em *Caminho de pedras*, e como os seus outros romances acusam iguais. Aqui as cenas mais sentidas foram sem dúvida aquela angústia do ceguinho se mexendo na cama, a noite no Arpoador e a carta de Isaac. Mas estará mesmo aí toda a alma de Rachel de Queiroz, toda aquela vibração que ela sabe dar a uma página com as suas frases simples e palavras fáceis? Creio que lhe faltou interesse nesse grande livro — sem dúvida o seu pensamento estava voltado para outros fatos que não chegaram a surgir no romance.

Um grande livro, um livro admirável, capaz de consagrar a sua autora, se ela já não fosse consagrada, capaz de ser lido por qualquer alma simples. Mas não é ainda "o livro" de Rachel de Queiroz — pelo menos assim o creio, por conhecer de perto a sua capacidade emotiva. Rachel de Queiroz possui talento para nos dar uma admirável obra-prima — e este *As três Marias* é apenas o rascunho do que ela é capaz de fazer.

Cronologia

1910 — Nasce Rachel Franklin de Queiroz, no dia 17 de novembro, primeira filha do juiz de Direito e fazendeiro Daniel de Queiroz e Clotilde Franklin de Queiroz. O nascimento ocorre em casa, no antigo número 86, atual 814, da Rua Senador Pompeu, em Fortaleza. Aos 45 dias de nascida é levada para as terras da família na Fazenda do Junco, em Quixadá.

1913 — A vida de Rachel de Queiroz será marcada por frequentes viagens, mas sua referência continuará a ser a fazenda do Junco, onde morou antes de ganhar do pai a lendária Fazenda Não Me Deixes.

— Deste ano até 1915, Daniel de Queiroz, nomeado promotor em Fortaleza, muda-se com a família para a capital cearense. Moram numa casa na Praça do Coração de Jesus. Um ano depois, Daniel de Queiroz abandona a promotoria e vai dar aula de geografia no Colégio Estadual Liceu do Ceará.

— Nasce, em 2 de fevereiro, seu irmão Roberto.

1915 — Nesse ano, a família Queiroz mora numa chácara na avenida Bezerra de Menezes, no bairro do Alagadiço, em Fortaleza, hoje chamado José de Alencar. Inquieto, Daniel de Queiroz volta para Quixadá e passa a se dedicar à plantação de arroz. Encarrega-se da educação da filha, a quem ensina a cavalgar, nadar e ler. "Mamãe punha-me livros nas mãos desde meus 5 anos, quando aprendi a ler. Já naquela época resolvi ler o *Ubirajara* de José de Alencar. Não entendi uma palavra, mas li o livro todinho."[3]

1916 — Nasce, em 16 de agosto, seu irmão Flávio.

1917 — Em julho, a família muda-se para o Rio de Janeiro, onde Daniel de Queiroz trabalha com o irmão, Eusébio, também advogado. Descontente, abandona o escritório e, em 15 de novembro, desembarca, com a família, em Belém do Pará, para exercer o cargo de juiz a convite do governador Lauro Nina Sodré e Silva.

1919 — A família volta para a chácara do Alagadiço, em Fortaleza. Com o irmão Roberto, Rachel de Queiroz frequenta uma escolinha perto de casa.

---

[3] NERY, Hermes Rodrigues. *Presença de Rachel*. Ribeirão Preto: Editora Funpec, 2002, p. 63.

— Nasce, em 29 de outubro, seu irmão Luciano, completando, com Roberto e Flávio, o trio masculino de irmãos.

— Daniel de Queircz vende a Chácara do Alagadiço para, no início do ano seguinte, tornar-se definitivamente fazendeiro na Fazenda do Junco.

1921 — É matriculada no tradicional Colégio da Imaculada Conceição, em Fortaleza, das religiosas da ordem francesa de Luísa de Marillac, das Filhas de Caridade. Tornou-se famoso o episódio em que Rachel desconcertou a irmã Apolline durante a primeira entrevista no colégio. Estava com dez anos de idade e, quando a religiosa lhe perguntou como faria se quisesse dar a volta ao mundo, a aluna, com a integridade de sertaneja e de leitora de Júlio Verne, escarneceu: "A senhora quer ir pelo canal do Panamá ou pelo estreito de Magalhães?"

1922 — Começa a escrever ficção. "Eu comecei a escrever com doze anos. Escrevia as maiores porcarias e escondia, porque tinha medo do espírito crítico de mamãe e de papai. Eu escrevia sobre paixões violentas, com punhais, revoltas, coisas assim."[4]

1925 — Conclui o curso normal no Colégio da Imaculada Conceição. Diplomada professora, sua educação formal

---

[4] NERY, Hermes Rodrigues. *Presença de Rachel*. Ribeirão Preto: Editora Funpec, 2002, p. 63.

para aí. De volta aos alpendres da Fazenda do Junco, entrega-se à leitura, sob orientação da mãe, refinadíssima leitora. "Diplomei-me professora em 1925, com quinze anos. Passamos os anos de 1926 e 1927 no sertão e numa casa do Benfica [bairro na região central da cidade], que papai construíra entre 1924 e 1925."[5]

1926 — Nasce, em 9 de setembro, Maria Luiza, a irmã caçula, a quem devotará sentimento materno. "Ajudei a criá-la, até disputei a maternidade dela com mamãe, palmo a palmo. Ela tem dois filhos homens, que são meus dois netos, o marido dela é o meu genro, embora seja a minha irmã caçula."[6]

1927 — Estreia na imprensa, sob o pseudônimo de Rita de Queluz, com uma carta cheia de irreverência e graça, datada de Estação do Junco, 23 de janeiro. Dirigida à Rainha dos Estudantes, Susana Guimarães, e publicada no jornal *O Ceará*, ironiza a majestade da nova soberana: "Eu, que na minha ingenuidade de tabaroa, só compreendo rei à antiga, de carruagem, manto e coroa de ouro, não posso conceber essa rainha *made* às pressas, que anda comigo no bonde, não conduz pajens nem batedores, que não usa coroa nem manto e que, como nós, pobres mortais, paga modestamente o seu tostão."[7]

---

[5] QUEIROZ, Maria Luiza de; QUEIROZ, Rachel de. *Tantos anos*. Rio de Janeiro: José Olympio, 2010, p. 35.

[6] NERY, Hermes Rodrigues. *Presença de Rachel*. Ribeirão Preto: Editora Funpec, 2002, p. 45.

[7] Recorte de jornal. Arquivo Rachel de Queiroz/Instituto Moreira Salles.

— Sob o pseudônimo Rita de Queluz, começa a publicar, em julho, no jornal *O Ceará*, o folhetim *História de um nome*, em sete capítulos. O primeiro saiu em 31 de julho e o último em 28 de agosto.

— Seu pai compra um sítio num vale do bairro Pici, nos arredores de Fortaleza, onde a família passa a morar: açude, pomar e boa sombra. Frequentando as rodas literárias da cidade, não demora a ser convidada por Demócrito Rocha, do jornal *O Ceará*, ali chamado de barão de Almofala, para colaborar na coluna "Jazz-Band".

1928 — Colabora com o artigo "Propaguemos o ensino profissional" no primeiro número do jornal *O Povo*, que circulou em 7 de janeiro de 1928. O periódico, fundado por Demócrito Rocha e o futuro político Paulo Sarasate, reuniu a jovem *intelligentsia* do Ceará: "Meus colegas, Djacir Meneses, Jáder de Carvalho, todos eles me levaram para o esquerdismo"[8] — dirá Rachel.

— Assume trepidante participação na imprensa cearense: edita a coluna "Jazz-Band" de *O Ceará*, escreve para *O Povo* e para a revista *A Jandaia*.

— Em outubro escreve um conjunto de poemas que intitula *Mandacaru*. O livro permanece inédito até

---

[8] NERY, Hermes Rodrigues. *Presença de Rachel*. Ribeirão Preto: Editora Funpec, 2002, p. 66.

2010, quando, por ocasião das comemorações de seu centenário de nascimento, o Instituto Moreira Salles o publica em edição fac-similar.

1929 — Junta-se a um grupo irreverente de jornalistas que cria, em *O Povo*, o suplemento *Maracajá*, cujo objetivo é divulgar a estética modernista. Combativo e feroz, de *Maracajá* circularam apenas dois números: em 7 de abril e 26 de maio.

— Em meados desse ano começa a escrever *O Quinze*. "E eu então esperava que a casa adormecesse e ia para a sala da frente, onde um lampião de querosene ficava aceso, posto no chão. Estirada de bruços no soalho, diante da luz, eu então escrevia; parecia-me que a criação literária só poderia ser feita assim, no mistério noturno, longe do testemunho e dos comentários da casa ruidosa cheia de irmãos.[9]

— Em outubro, é nomeada professora de história da Escola Normal Pedro II.

1930 — Em março recebe as primeiras provas de *O Quinze*, que seria publicado em junho ou julho pelo Estabelecimento Graphico Urânia. Custeado por seu pai, o livro, em edição de mil exemplares, seria elogiado por ninguém menos que Mário de Andrade, além de Augusto Frederico Schmidt e outros.

---

[9] "Como foi escrito *O Quinze*". Rachel de Queiroz. In: *Revista da Academia Cearense de Letras* Ano LXXVII, nº 37, 1976.

— Eleita Rainha dos Estudantes, abandona a festa de posse, que se realizou em 26 de julho de 1930, e sai para apurar informações sobre o assassinato do governador de Pernambuco, João Pessoa, naquele mesmo dia.

1931 — Viaja para o Rio de Janeiro onde, muito festejada pelos escritores locais, recebe, em março, o prêmio de romance da Fundação Graça Aranha. Para resistir ao "Brasil feudal" em que se considerava viver, inscreveu-se no Partido Comunista do Brasil (PCB). Dois meses depois, de volta a Fortaleza, trabalha na reorganização do Bloco Operário e Camponês.

— Publica a peça em três atos *Minha prima Nazaré* no jornal *O Povo*.

1932 — Casa-se, em 14 de dezembro, no sítio do Pici, com o bancário e poeta bissexto José Auto da Cruz Oliveira. Para a cerimônia usa um vestido de linho branco bordado pela mãe e um buquê de flor de laranjeira colhido do pomar.

— Muda-se com o marido para Itabuna, na Bahia, para onde Zé Auto fora transferido.

— Volta ao Rio de Janeiro e, como membro do PCB, submete seu segundo romance, *João Miguel*, à apreciação do comitê. Negada a aprovação, pega os originais, rompe com o Partido e segue sua vida de escritora. "Como nunca gostei de bichinho preso, não admitia que ninguém me colocasse qualquer espécie de camisa de força. Eu atuava, mas tinha que atuar com plena liberdade."[10]

— Publica *João Miguel* pela Livraria Schmidt Editora, Rio de Janeiro.

1933 — Nasce, em 2 de setembro, na chácara do Pici, sua filha, Clotilde. O parto foi feito por dona Julia, a mesma parteira de sua mãe.

— Um mês e meio depois de dar à luz, nova transferência de Zé Auto, dessa vez para o Rio. A família aluga a casa que fora de Manuel Bandeira, na então rua do Curvelo, 51, hoje rua Dias de Barros, 53, em Santa Teresa. Não ficam mais do que três meses aí e Zé Auto é transferido para São Paulo, onde passam a morar na rua do Carmo. Na capital paulista, o casal junta-se a Lívio Xavier, Mário Pedrosa, Aristides Lobo, Plínio Melo e Arnaldo Pedroso Horta para traduzir as memórias de Trotski. "Chegáramos à cidade em 1933, logo depois da perda da revolução de 1932. São Paulo, derrotado, estava amarguradíssimo."[11]

---

[10] NERY, Hermes Rodrigues. *Presença de Rachel*. Ribeirão Preto: Editora Funpec, 2002, p. 134.
[11] QUEIROZ, Maria Luiza; QUEIROZ Rachel de. *Tantos anos*. Rio de Janeiro: José Olympio, 2010, pp. 64-65

1934 — Volta para Fortaleza com Zé Auto e a filha.

— Faz campanha ao lado do jornalista Jáder de Carvalho e se candidata a deputada pela Frente Única do Partido Socialista.

— Muda-se com a família para Maceió, para onde Zé Auto tinha sido removido. Nos cafés literários da capital alagoana juntou-se a Graciliano Ramos, Jorge de Lima, e José Lins do Rego, todos já com livros publicados.

1935 — Sua rica vida intelectual em Maceió é turvada por dois golpes severos: a morte, causada por meningite, no dia 14 de fevereiro, de sua filha, Clotildinha: "Eu a amei apaixonadamente e nunca me recuperei do golpe que foi perdê-la, assim tão novinha."[12] Três meses depois, em 16 de maio, recebe a notícia da morte de seu irmão predileto, Flávio, aos 18 anos de idade. A causa: septicemia, causada por uma espinha no rosto.

1936 — Seu casamento não vai bem. Começa a trabalhar na firma de exportação G. Gradhvol et Fils, em Fortaleza, onde se encarrega da correspondência em inglês e francês. Chega ao cargo de gerente e fica na empresa até 1939.

1937 — Publica seu terceiro romance, *Caminho de pedras*, pela José Olympio, do Rio de Janeiro, que será sua

---

[12] NERY, Hermes Rodrigues. *Presença de Rachel*. Ribeirão Preto: Editora Funpec, 2002, p. 94.

editora até 1991. O livro contém evidente denúncia do sistema autoritário do Partido, além de contar um pouco da organização partidária no Ceara.

— Decretado o Estado Novo, e, por causa de sua militância política, permanece detida por três meses no quartel do Corpo de Bombeiros de Fortaleza: "Foi uma prisão amena: os bombeiros faziam serenata para mim todas as noites."[13]

1939 — Separa-se do marido e muda-se para o Rio de Janeiro. Publica seu quarto romance, *As três Marias*, reconhecidamente seu livro mais autobiográfico. Segundo a própria Rachel, as personagens existiram de fato: Guta é Rachel, Maria da Glória é Odorina Castelo Branco, e Maria José é Alba Frota, ambas suas colegas no Colégio da Imaculada Conceição.

1940 — Conhece, por meio do médico e escritor Pedro Nava, o também médico Oyama de Macedo, com quem passaria a viver neste mesmo ano.

1944 — Colabora nos jornais cariocas *Correio da Manhã, O Jornal* e *Diário da Tarde.*

— Sai sua tradução da obra de Leon Tolstói *Memórias: infância, adolescência, juventude.*

1945 — Muda-se para uma casa na rua Carlos Ilidro, 25, na Cova da Onça, espécie de vale entre o bairro Cocotá

---

[13] NERY, Hermes Rodrigues. *Presença de Rachel*. Ribeirão Preto: Editora Funpec, 2002, p. 104.

e a praia do Barão, na Ilha do Governador, no Rio. "A Ilha nos deu a solidão a dois, tão necessária para um casamento. Quando nos casamos de verdade, promulgada, afinal, a lei do divórcio, Oyama chamava o nosso casamento de 'pleonasmo', repetição formal do que já existia."[14]

— A convite de Assis Chateaubriand, em 1º de dezembro estreia belamente com a "Crônica nº 1", na lendária coluna "Última Página", da revista *O Cruzeiro*, que, na ocasião, tinha tiragem de 100 mil exemplares. Sua colaboração nesse periódico será semanal durante exatos trinta anos — vai até 1975. Cronista madura e urbana, sua alma era essencialmente sertaneja, como se lê na crônica inaugural: "Tem dias em que eu dava dez anos de vida por um pedacinho bem árido de caatinga, um riacho seco, um marmeleiral ralo, uma vereda pedregosa, sem nada de arvoredo luxuriante, nem lindos recantos de mar, nem casinhas pitorescas, sem nada deste insolente e barato cenário tropical. Vivo aqui abafada, enjoada de esplendor, gemendo sob a eterna, a humilhante sensação de que estou servindo sem querer como figurante de um filme colorido."

1947 — Sai sua tradução de O *morro dos ventos uivantes*, de Emily Brontë.

---

[14] QUEIROZ, Maria Luiza; QUEIROZ, Rachel. *Tantos anos*. Rio de Janeiro: José Olympio, 2010, p. 189.

1948 — O ano traz-lhe duas perdas fundamentais: a de seu pai, em 15 de agosto, de infarto, e a de Luciano, o irmão caçula, em 13 de setembro, do mesmo mal. Morreu a bordo de um navio, dirigindo-se ao Rio de Janeiro, em busca de tratamento.

— Publica *A donzela e a moura torta: crônicas e reminiscências.*

— Publica, num só volume, os romances: *O Quinze*, *João Miguel* e *Caminho de pedras.*

— Sai sua tradução de *A mulher de trinta anos*, de Honoré de Balzac.

1950 — No dia 2 de setembro começa a publicar, em folhetim, o primeiro dos quarenta capítulos do seu quinto romance, *O galo de ouro*, ambientado no submundo da Ilha do Governador. O último capítulo seria publicado em 2 de junho de 1951. Somente 36 anos depois, seriam reunidos em livro.

— Com o adiantamento de 50 contos pelo trabalho, embarca em um Constellation, com Oyama, para fazer sua primeira viagem à Europa.

1952 — Sai sua tradução de *Os irmãos Karamazov*, de Dostoiévski.

— A família vende o sítio do Pici.

1953 — Publica, em livro, sua primeira peça de teatro, *Lampião*, focando no tema do amor. Apesar de ganhar o prêmio

Saci com essa peça, o crítico Sábato Magaldi diz que a contribuição de Rachel ao teatro "marcou-se sobretudo no terreno da linguagem, já que a urdidura cênica, nas montagens, ficou aquém das qualidades literárias".

1954 — Morre sua mãe, em 19 de fevereiro, no Rio de Janeiro. Poucos meses depois, vai, com Oyama, tomar posse da Fazenda Não me Deixes, que herdara do pai. Ali constrói a casa, e, naquelas terras, o marido descobre sua vocação de fazendeiro. Referindo-se a essa fazenda, ela dirá: "E sinto que lá é o meu permanente. O Rio é o provisório."[15]

1958 — Em junho, recebe o Prêmio Machado de Assis, da Academia Brasileira de Letras, pelo conjunto da obra. No discurso com que a homenageia, Austregésilo de Athayde, então presidente, reafirma que a Casa é reservada aos homens e que, mesmo reconhecendo o talento da premiada, não daria seu voto para que ela integrasse o quadro de imortais: "não o daria jamais", declara. Menos de vinte anos depois, Rachel se sentaria ao lado dele nas cadeiras de veludo verde dos imortais.

— Publica a peça *A beata Maria do Egito*.

— A peça *O padrezinho santo*, com Cláudio Cavalcanti no papel principal, é encenada em março no Grande Teatro Tupi, programa de teleteatro da TV Tupi RJ.

---

[15] QUEIROZ, Maria Luiza; QUEIROZ, Rachel. *Tantos anos*. Rio de Janeiro: José Olympio, 2010, p. 219.

Levada também na TV Ceará Canal 2, 1963. Consta ainda, em seu arquivo, referência à peça *Vingança*, com Tônia Carrero no papel principal.

— Publica *100 crônicas escolhidas*, seleção feita por ela mesma. O livro será reeditado, na sua sexta edição, pela editora Siciliano, em 1994, com o título *Um alpendre, uma rede, um açude*.

1959 — *A beata Maria do Egito*, com Glauce Rocha no papel-título, é encenada pela Companhia Nacional de Comédia, no Teatro Serrador, para encanto de Manuel Bandeira, que sobre o espetáculo escreve a crônica "Beata Maria do Egito". Entre outros, a peça ganhou o Prêmio de Teatro do Instituto Nacional do Livro.

1960 — Sai a edição de *Quatro romances* (*O Quinze, João Miguel, Caminho de pedras* e *As três Marias*).

1961 — Recusa o convite do presidente Jânio Quadros para ocupar o cargo de ministra da Educação. "Sou apenas jornalista e gostaria de continuar sendo apenas jornalista", justificou.

1963 — O romance *As três Marias* é publicado pela University of Texas Press, com ilustrações de Aldemir Martins.

— Publica seleção de 37 crônicas de *O Cruzeiro* em *O brasileiro perplexo: histórias e crônicas*, pela Editora do Autor.

1964 — "Conspira", como costumava dizer, a favor do golpe militar que depôs o presidente João Goulart. "Eu tinha sido solidária à revolução de 1964 e ao governo de Castelo Branco. Mas depois, quando o grupo do Costa e Silva apertou as coisas e veio o AI-5, me afastei completamente. [...] Nós não tivemos nada a ver com o que veio depois, com os excessos da linha dura. Não era aquilo que defendíamos e queríamos para o Brasil." [16]

— Viaja aos Estados Unidos, onde permanece de 17 de setembro a 17 de novembro.

1966 — É nomeada pelo presidente Castelo Branco delegada do Brasil na 21ª Sessão da Assembleia Geral da Organização das Nações Unidas junto à Comissão dos Direitos do Homem.

1967 — Integra o Conselho Federal de Cultura, no qual permanecerá até 1985.

— Sofre grande perda: em 18 de julho morrem, em acidente de avião, sua querida amiga Alba Frota e o presidente Castelo Branco, pouco depois de saírem da Fazenda Não Me Deixes com destino a Fortaleza.

— Publica o livro de crônicas *O caçador de tatu*.

1969 — Estreia na literatura infantojuvenil com *O menino mágico*.

---

[16] NERY, Hermes Rodrigues. *Presença de Rachel*. Ribeirão Preto: Editora Funpec, 2002, p. 104.

1970 — É concluído o prédio Rachel de Queiroz, na rua Rita Ludolf, 43, onde a escritora passará a morar, no apartamento 201, até o fim da vida.

1973 — Sai a *Seleta de Rachel de Queiroz*, com organização de Paulo Rónai e estudo e notas de Renato Cordeiro Gomes.

1975 — Depois de longo intervalo, publica *Dôra, Doralina*, seu sexto romance.

1976 — Publica *As menininhas e outras crônicas*.

1977 — Por 23 votos a 15, Rachel de Queiroz vence o jurista Francisco Cavalcanti Pontes de Miranda e torna--se a primeira mulher a ser eleita para a Academia Brasileira de Letras. A eleição acontece no dia 4 de agosto, e a posse, em 4 de novembro. Ocupa a cadeira nº 5, fundada por Raimundo Correia. "A vitória da minha candidatura representou a quebra de um tabu. Neste sentido me senti satisfeita, porque vivi a vida inteira na luta contra os formalismos, as convenções, os tabus e os preconceitos."

1978 — *O Quinze* é publicado no Japão pela editora Shinsekaisha e, na Alemanha, pela Suhrkamp.

1980 — A editora francesa Stock lança *Dôra, Doralina*.

— Entra no ar, entre novembro de 1980 e maio de 1981, pela Rede Globo de Televisão, a telenovela *As três Marias*. Com direção de Herval Rossano, teve Glória Pires, Maitê Proença e Nádia Lippi como intérpretes das Marias.

— Publica a coletânea de crônicas *O jogador de sinuca e mais historinhas.*

1982 — Morre seu marido, Oyama: "Eu e o Oyama fomos casados durante 42 anos. Nós vivemos, de fato, uma solidão a dois. Fazíamos longas viagens sem falar com ninguém."[17]

— O *Dôra, Doralina* é adaptado para o cinema com direção de Perry Salles, e Vera Fischer no papel de Dôra.

1985 — Publica a edição, em livro, de *O galo de ouro.*

1986 — Publica mais um livro infantil: *Cafute & Pena-de-Prata.*

1989 — A José Olympio lança, em cinco volumes, a sua *Obra reunida.*

— Publica *Mapinguari, crônicas* selecionadas de *O brasileiro perplexo, As menininhas e outras crônicas.*

1990 — Completa oitenta anos de idade: "Fazer oitenta anos eu acho extremamente desagradável. Não sei por quê, mas acho. Pode ser que, depois, eu me acostume. Mas não creio, considero envelhecer uma ideia péssima."[18]

1991 — Interrompe sua ligação com a Editora José Olympio. Pela divulgada quantia de 150.000 dólares, a Editora Siciliano, de São Paulo, vence o leilão pelo direito de publicação de toda a sua obra.

---

[17] NERY, Hermes Rodrigues. *Presença de Rachel.* Ribeirão Preto: Editora Funpec, 2002, p. 91.

[18] QUEIROZ, Maria Luiza; QUEIROZ, Rachel. *Tantos anos.* Rio de Janeiro: José Olympio, 2010, p. 121.

1992 — Publica pela nova editora o seu sétimo romance: *Memorial de Maria Moura*.

— Publica *Andira*, literatura infanto-juvenil.

1993 — Entre outros, recebe, dos governos do Brasil e de Portugal, o prestigioso Prêmio Camões.

— A Siciliano inicia o relançamento de toda a sua obra.

— Publica a seleção de crônicas do período de 1988 a 1992 em *As terras ásperas*, Coleção Mestres da Literatura Brasileira e Portuguesa.

1994 — Recebe 50 mil dólares pela adaptação do *Memorial de Maria Moura* em minissérie para a Rede Globo de Televisão. São 24 capítulos exibidos entre 17 de maio e 17 de junho de 1994, com Glória Pires no papel da heroína: "Eu gostei da minissérie. Eles é que não gostaram do meu livro, pois mudaram tudo", declarou em entrevista, com seu proverbial bom humor.

1995 — Morre seu irmão Roberto, em 6 de outubro.

1996 — Ganha o Prêmio Moinho Santista pelo conjunto de obra.

1998 — Publica *Tantos anos*, livro de memórias, escrito em parceria com sua irmã, Maria Luiza.

2000 — Publica, com colaboração da irmã, Maria Luisa de Queiroz, o livro de memórias *O Não me Deixes: suas histórias e sua cozinha*.

2003 — Como sertaneja que nunca abriu mão de dormir de rede, morre no seu apartamento do Leblon, no Rio de Janeiro, em 4 de novembro, seis dias antes de completar 93 anos.

Este livro foi composto na tipologia Minion Pro
Regular, em corpo 11,5/17, e impresso em
papel off-white no Sistema Cameron da
Divisão Gráfica da Distribuidora Record.